这就是常州话

滕子漫 著

江苏凤凰文艺出版社

图书在版编目（CIP）数据

这就是常州话 / 滕子漫著 . -- 南京：江苏凤凰文艺出版社，2022.10
ISBN 978-7-5594-7178-9

Ⅰ.①这… Ⅱ.①滕… Ⅲ.①散文集-中国-当代 Ⅳ.①I267

中国版本图书馆 CIP 数据核字（2022）第 169626 号

说明：本书涉及的吴语拼音均来自吴语学堂

这就是常州话

滕子漫 著

责任编辑	张　婷
装帧设计	薛顾璨
责任印制	刘　巍
出版发行	江苏凤凰文艺出版社
	南京市中央路 165 号，邮编：210009
网　　址	http://www.jswenyi.com
印　　刷	苏州市越洋印刷有限公司
开　　本	787 毫米 × 1092 毫米 1/32
印　　张	6.75
字　　数	100 千字
版　　次	2022 年 10 月 第 1 版
印　　次	2022 年 10 月 第 1 次印刷
书　　号	ISBN 978-7-5594-7178-9
定　　价	59.00 元

江苏凤凰文艺版图书凡印刷、装订错误，可向出版社调换，联系电话 025-83280257

目 录
CONTENTS

序 言 　　002

第一章　舌尖上的常州

舌尖上的常州　　003
天目湖砂锅鱼头　　005
青团子　　007
常州大麻糕　　011
蟹黄小笼包　　013
卜弋桥鱼圆　　017
常州萝卜干　　019
银丝面　　023
长荡湖大闸蟹　　025
横山桥百叶　　028
太湖三白　　031
粢饭团　　033
海鲜小馄饨　　037
原来有馅的包子也叫馒头？　　039

第二章　　常州俗语

猪头三	044
荷叶包野菱	047
拼死吃河豚	048
蝗虫吃过界	051
掩世	054
掼跟斗	056
空灶头	058
卖相	060
把鹅称为"白乌龟"	063
老鼠不留隔夜食	065
猫	068
猴急	070
牛	071
有关萝卜的俗语	073
撒憋气	076
钻狗洞	078
遥饭碗	079
缠缠咧	082
走路的学问	084
波路	085

第三章　节　日

张节　　　　　　　　　　090
重阳节　　　　　　　　　093
九月十三"钉靴节"　　　095
小寒　　　　　　　　　　098
除夕　　　　　　　　　　100
大年初一　　　　　　　　105
大年初二　　　　　　　　107
初五　　　　　　　　　　109
讨口彩　　　　　　　　　112
元宵节　　　　　　　　　115

第四章　童年的游戏

童年的游戏　　　　120
搭洋片　　　　　　121
掩蒙蒙　　　　　　124
削水片　　　　　　129
套圈圈　　　　　　131
斗田鸡　　　　　　134
打弹子　　　　　　137

第五章　人　物

供老师　　　　　　　　　　142
大小娘、新娘子与小娘子　　145
小官人、新官人与老官人　　147
新妇　　　　　　　　　　　148
户头　　　　　　　　　　　149
亲属称谓　　　　　　　　　152
小孩的称谓　　　　　　　　155

第六章　　吴语古字

囡	163
勠勠	164
晏	166
偃	167
隑	168
揢	169
搶	170
漊	171
潽	173
擐	174
剺	175
畀	176
挜	177
滗	178
饫	179

第七章　　常州童谣

《虫虫飞》　　　　　　　182

《摇啊摇》　　　　　　　183

《冬瓜皮》　　　　　　　184

《东边牛来咧》　　　　　185

《波到桥跟头》　　　　　186

《炒豆子》　　　　　　　187

《花儿笑》　　　　　　　188

《九九歌》　　　　　　　189

《荷花荷花几时开》　　　190

第八章　常州话测试

常州话测试　　　　194
翻译测试　　　　　196
单选题　　　　　　197

序言

我出生在常州，但不能被称为"地道"的常州人。3岁来到北京的我，说话带着一股京腔，却无法与家人流利地用常州话沟通。

在我的记忆中，常州话是小时候在奶奶家萦绕在我耳旁的声音。每次暑假回去不到两个礼拜，常州话就变成了我的母语。可惜的是，夏日一结束，刚学会的常州话又被我抛之脑后，慢慢被普通话取代了。小时候，我对自己语言之间自然切换的"超能力"十分费解；现在，我对常州话更多的则是一份乡愁。不论身在何处，每当那熟悉的乡音响起，我对故乡的记忆便从心底被唤起，回到了自己的童年，回到了那个记忆中的江南水乡。是啊，普通话会让你走得更远，但方言让我们不会忘记自己的根。

其实，我在写这本书的时候，才意识到常州话远远不只是一个交流的工具，其承载的是常州的历史、风俗和地方文化。它成为了我看待事物、感受世界的独特视角。这些都可以从它的表述方式、用词等方面得到充分体现。当语言消失时，这种视角也就不复存在了。比如，很多常州人小时候吃的那一碗"嘟烂面"，就是反复"嘟"过的面条。"嘟"是个象声词，和水、汤、粥等烧开后会发出的一种"嘟嘟嘟"的声音很像。简简单单一个字，就有着丰富的含义。除此之外，还有很多古汉语在常州话中也保留了下来。比如，"囥"是"藏"的意思，"hua"是"丢"的意思……

如今，常州话的使用范围正日益狭窄。工作、学习场合都要求使用普通话，这间接地导致了常州话使用主体的日益老龄化，越来越多的年轻人说不好或不会说常州话。当然，不只是常州话，地方语言消失的现象也是全球性的趋势：根据联合国教科文组织调查，全世界范围内有40%的语言处于濒危状态，平均每2个星期就有一种语言消失。像我这样"只会听不会说"方言的孩子在中国乃至世界还有很多。当我感觉到方言似乎离我越来越远时，我在想："作为个体，我能做些什么？"

在我之前，常州籍语言学家赵元任、周有光在保护方言的领域已有非凡造就。我不奢望这本书能为语言学做出多大贡献，只希望读者们在拾起这本书时，能唤起他们对常州话的记忆；放下这本书时，能自豪地说出自己的家乡话，便足矣！因为只有继续使用，方言保护才能"活"起来！当然，我也希望其他地区的读者能通过语言的视角了解常州人文风俗，和我们一起重视方言。

如果真的有一天，我们中华文明丰富多元的方言体系只有在博物馆里才能看见，那将是莫大的遗憾！所以保护方言是我一直以来的梦想，希望你们，我亲爱的读者们，可以与我和所有常州人一起保护属于我们的语言，让"乡"音绕梁！

滕子漫

2022 年 9 月 20 日

第一章 · 舌尖上的常州

Chapter

1

舌尖上的常州

zeq8 tsie1 gnian2 keq7

zan2 tsei8

美食，是一座城市独特的味道，它包含了当地居民对待平日生活的态度，邻里街坊之间的人情与世故，以及文化的底蕴和精髓。常州位于"鱼米之乡"的江南，自古以来物产富饶，各种独特的食材在这里都能生长，并成为饭桌上的美味佳肴。在常州，享受美食是件大事。无论是江湖小店、私房菜、大排档，还是自家厨房，在哪里你都能尝到正宗的常州菜。只要你懂吃，会吃，常州菜一定能满足你对美食的终极幻想！

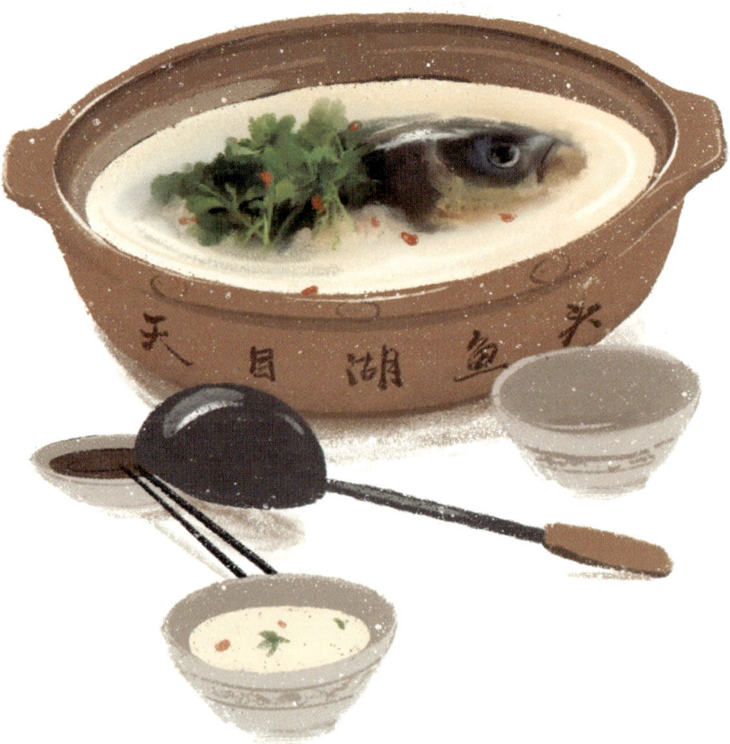
天目湖鱼头

天目湖砂锅鱼头

thie1 mog8 wu2 so1 kou1 yu2 thie1

常州菜属于淮扬菜系,擅长炖、焖、蒸、炒,能够最大程度上保证菜品的原汁原味。其中,味道鲜美的"天目湖砂锅鱼头"完美地呈现了常州当地美食文化的精髓。

"天目湖砂锅鱼头"源于"沙河水库鱼头",其创始人名为朱顺才。天目湖位于常州溧阳,水库中盛产鳙鱼,俗称胖头鱼。茶香、水甜、鱼头鲜是天目湖的三绝,也是其精华所在。

据说天目湖鱼头好吃的秘诀就是选用天目湖里的野生活鱼和清澈甘甜的湖水为原材料来熬煮鱼汤:让

湖水与鱼头在热烫的砂锅中相互交融，在咕嘟沸腾中还原本真的滋味，使得鱼头本身的特色发挥得淋漓尽致。揭开锅盖，奶白的鱼汤鲜香扑鼻，红色的枸杞点缀其间，令汤色更显诱人。喝一口鱼汤香浓醇厚，吃一块鱼肉细嫩无比，夹一朵木耳清爽顺滑！而平常我们在菜市场买到的鱼头不一定是正宗天目湖的，炖汤也不可能用天目湖的湖水，所以在家里烧不出那鲜美的鱼头，这也在情理之中了。

等冬天来到时，来一碗热气腾腾的鱼汤暖暖身子吧！

青团子

tshin1 doe2 tsy8

尝试过如此多口味的青团,心中最惦念的仍是芝麻馅艾草青团。那软糯却不黏牙的糯米皮,快要溢出来的黑芝麻馅儿,咬一口,春天的味道溢满口腔。

清代美食家袁枚在《随园食单》中写道:"捣青草为汁,和粉作粉团,色如碧玉。"常州的青团讲究的就是这种纯正的"碧玉"色,一般取材于清明前后的野生艾草。当然,除了艾草,麦青汁也可以用来制作青团。而熬制浆汁也是大有讲究,必须把鲜嫩的野生艾草在石灰水里炝制上一天一夜,再用大火熬煮,漂洗后捣出汁水。老一辈的人还要在做好的青团底下

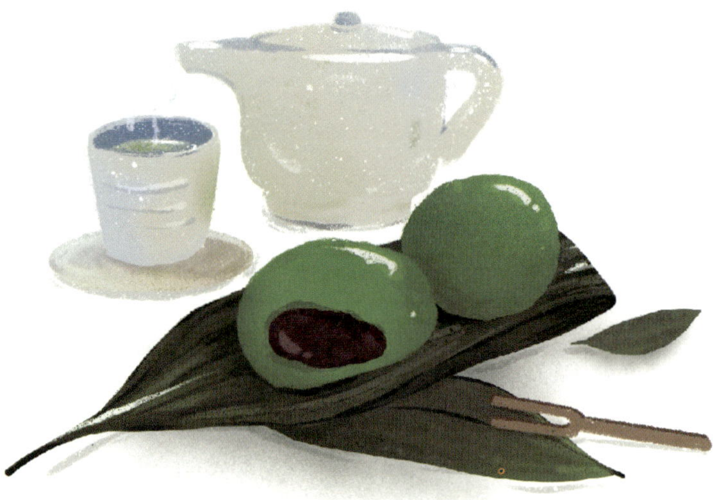

垫上青叶,既防黏又有一股自然的清香。

  清明节前后吃青团的传统可以追溯至周朝的寒食节。相传晋文公重耳在烧毁绵山、烧死介子推之后悔恨不已,便下令在介子推的忌日禁止开灶用火,形成了后来的寒食节。为了填饱肚子,人们便选择了这种蒸好的糯米团子作为冷食,江南的青团应运而生。后来江南一带也形成了用青团在清明节期间祭祀的风俗。

  烟花三月,就用这一颗青团,开启春天的故事吧!

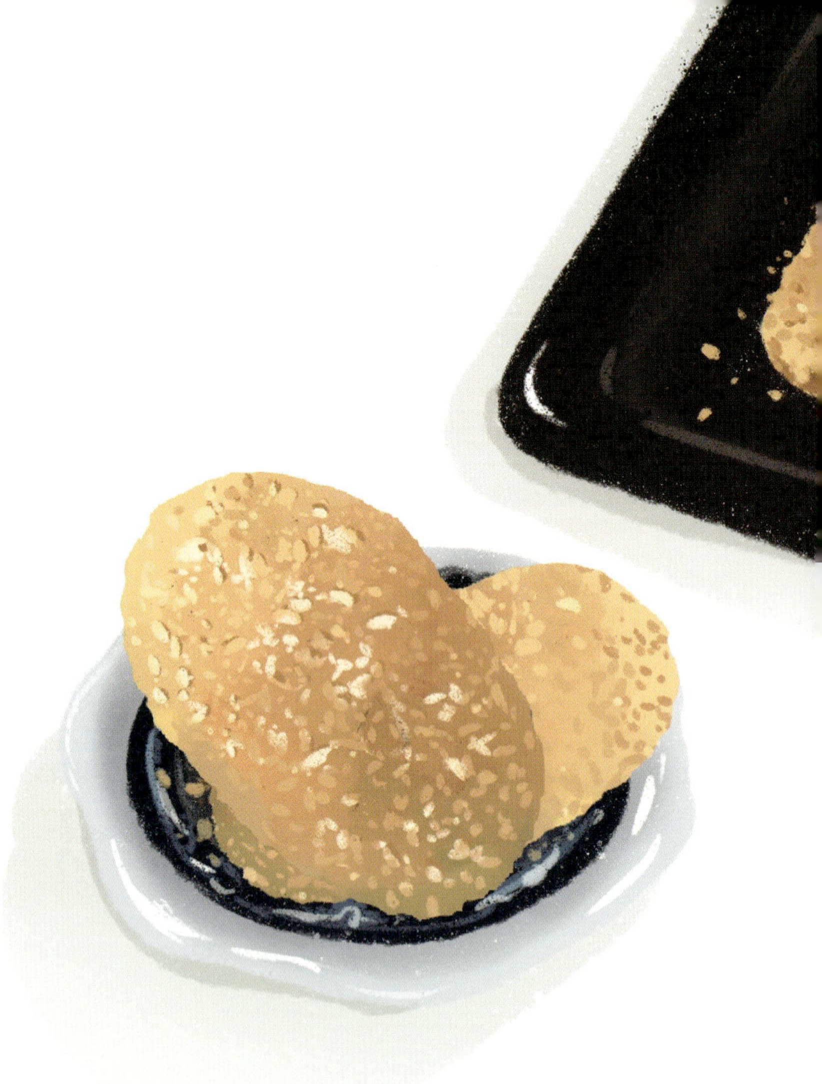

常州大麻糕
Zan2 tsei1 dou6 mo2 kau1

常州大麻糕不是糕，而是一种烧饼。只不过常州人在麻糕里加的油酥面比较多，是"酥烧饼"，有甜佬、咸佬、椒盐佬（甜咸混合）三种风味。

常州大麻糕始创于清代咸丰年间，出自长乐茶社王长生师傅之手，迄今已有160余年历史。据常州府志记载，清末民初时期常州的茶楼有40多家。这些茶楼里有各式常州点心，但数常州大麻糕最具特色，最受欢迎。

刚出炉的麻糕混合着芝麻的香气扑鼻而来，面皮包裹着厚厚的油酥，呈现出色泽金黄的外表。一口咬下去，香脆松软，层次分明！而且常州大麻糕个头相当大，所以在外地人眼里就是"椭圆形大烧饼"。麻糕的做法可是大有讲究。麻糕上必须使用白芝麻，黑芝麻是不能用来做麻糕的。整个制作过程从和面、制作油酥、配置馅心，到烘烤的时间及火候都颇为讲究，这样麻糕才能符合"松香酥脆"的标准，这种工艺也生动体现了常州人对美食制作精益求精的精神。

如今常州大麻糕的制作工艺已列入江苏省非物质文化遗产，而在常州人每天的生活中，早上把它当早餐，下午作点心，是何等的幸事啊！

蟹黄小笼包
ha3 wan2 siau3 lon2 pau1

现在我们熟知的小笼包诞生于清道光年间的江苏省常州府，由万华茶楼首创，推出了著名的加蟹小笼包和加蟹顶黄小笼包（顶部有大块蟹黄）。后来工艺被推广到附近的无锡、上海等地，逐渐演变成了江浙一带的特色小吃。但是"加蟹"是常州小笼包的独创，其顶部加上了蟹肉、蟹黄、蟹膏熬成的"蟹油"，金黄闪亮，令人垂涎欲滴。

在常州，小笼包被称为小笼馒头，特点为皮薄馅大汁水多，讲究一个"宁可人等馒头，不可馒头等人"。新鲜出炉的小笼馒头口感最为纯正。蒸汽的热力翻滚

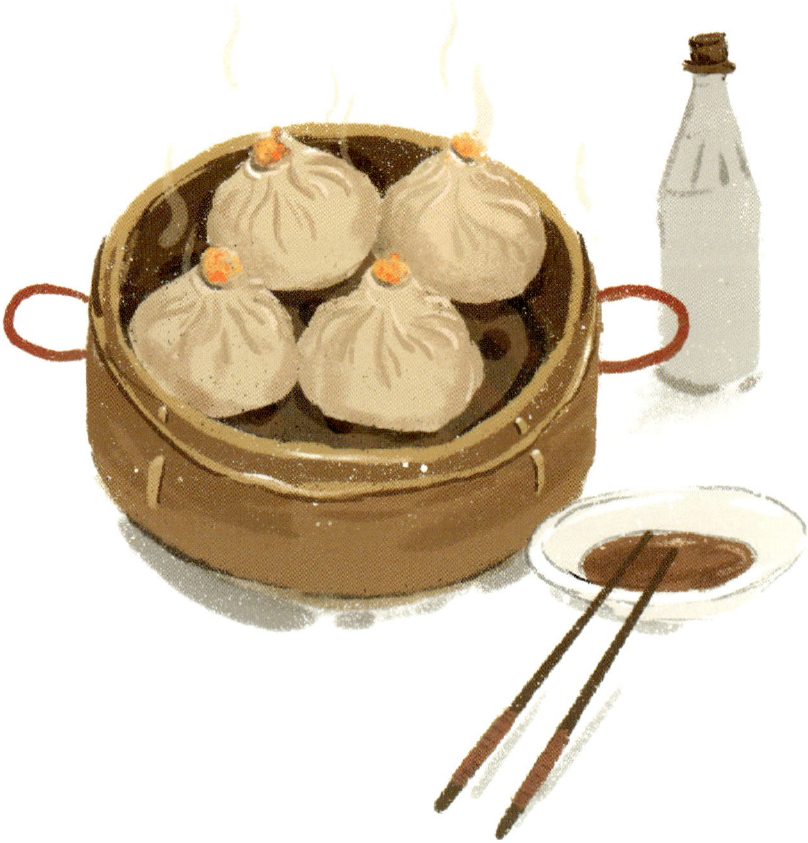

上涌，让皮子的甜糯、肉馅儿的香嫩、蟹黄的鲜美完美融合，食材的精华得以被最大程度地挥发出来。此时此刻，用筷子攥起一只小笼馒头，皮薄透亮，蟹香扑鼻。常州小笼馒头吃法也十分讲究："轻轻提，慢慢移。先开窗，再喝汤。"如今这句顺口溜已经成为了老常州人吃小笼馒头的常识。喝完汤之后再蘸着镇江香醋和姜丝吃下肚，肉馅鲜嫩，肥而不腻，真叫一个人间美味！

下次来常州，别忘了一定要去迎桂馒头店点上一笼加蟹小笼馒头！

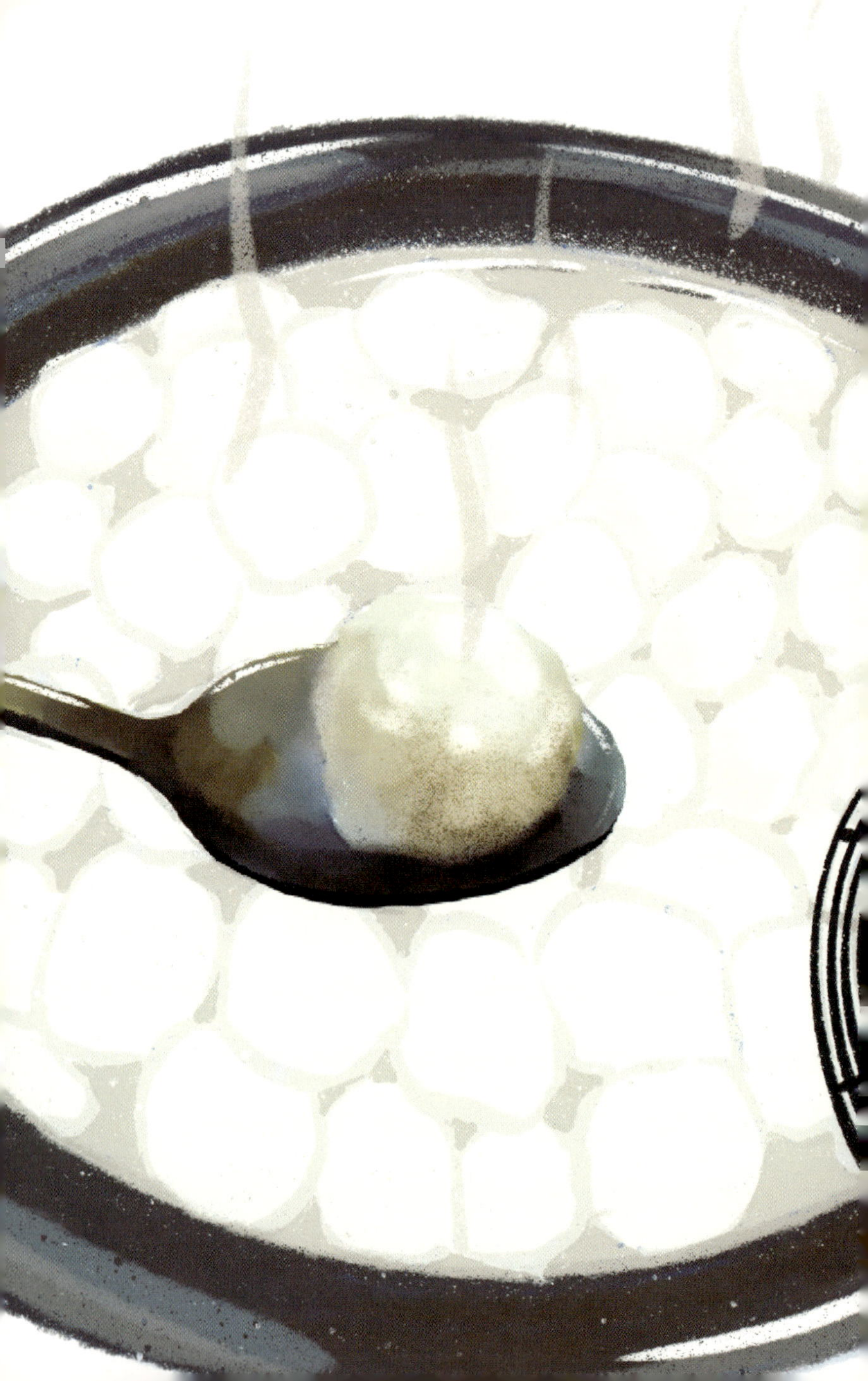

卜弋桥鱼圆
bo4 yi5 jiau2 yu2 yoe2

尽管常州美食很多，卜弋桥的鱼圆永远都是我的最爱。

每次和奶奶去菜市场，我只要看到做鱼丸的师傅一定走不动道：师傅从盆里捞出一把鱼茸，左手握拳一挤，右手用勺子一刮，顺势放入水中，一只腰形鱼圆就做好了。一盆冷水，一盆鱼浆，一把勺子，就这么简单。不到十分钟，一盆鱼圆就能做满。看似简单，这一气呵成的手势的背后是他们几十年磨出来的功夫，不仅费时费力而且还是个不外传的技艺，我就模仿不来了！等卖得差不多了，师傅再开始做下一批，这样顾客才能吃到新鲜出锅的鱼圆。据说，要看这鱼圆讲不讲究，就看它在入水的那一刻会不会立刻浮起来。

卜弋桥的鱼圆的特殊之处便是它的形状——腰形。这种形状的鱼圆烧熟了漂在汤面上，就像一只只去了皮后雪白如玉的菱角。它的用料也十分考究：必须选用野生的活草鱼，草鱼去皮去骨后，削成鱼片放在清水里多次浸泡，去掉血水（这样打出来的鱼圆才会白亮），然后再用粉碎机打成细腻的鱼浆，再加入祖传秘制的佐料一盘新鲜美味的鱼圆便大功告成。

刚刚做好的鱼圆在灶台上烹煮几分钟就可以出锅了！个个鲜润、通透，鱼肉十分滑嫩鲜香，口感细腻，咬破之后不用咀嚼，入口一抿就散开鱼的鲜香，再搭配少许的木耳做在鱼圆里面，口感里有木耳脆脆的感觉，又有鱼圆的弹滑，真可谓是常州小吃的典范啊！

常州萝卜干

zan2 tse¹ lau2 bog8 koe1

人们都说："常州有一怪，萝卜干作下酒菜。"正宗常州萝卜干确实不一样，它以"香、甜、脆、嫩"这四大特点而闻名天下，其中"脆"是最难达到的标准。这与常州新闸出产的红萝卜品种有着莫大的关系：那一带土壤湿润肥沃，是典型的"夜潮土"，特别适合红萝卜生长。这里种出来的萝卜，色泽红艳、形如鸭蛋，故称"新闸红"，且表皮比一般的萝卜表皮要厚1.5—2毫米，这也是常州萝卜干口感"脆"的秘诀所在。经过洗净切条，适度晾晒，精心腌制而成的萝卜干色泽金黄，甜咸适中，香脆适度，况且价格实惠，

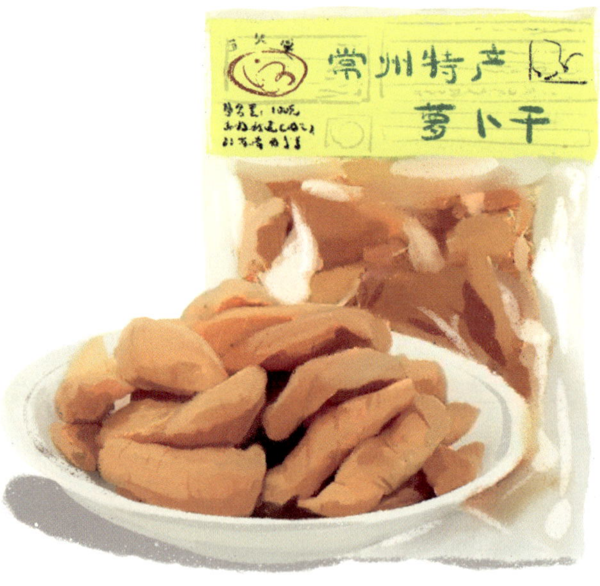
常州特产
萝卜干

携带方便，不仅成为了常州著名的土特产，也是龙城百姓桌上最寻常不过的下饭小菜。

一碟萝卜干搭上一碗白粥或者泡饭，我暑假的早晨通常就是这样开始的，不要太舒服！除了把萝卜干当成风味小菜，萝卜干炒饭也是常州人桌上必有的一道菜。虽然简简单单，但是每一口炒饭都十分鲜美甘甜，香气扑鼻！

闭上眼，闻着空气里那股子萝卜的清香，想着那口"呱啦崩脆"的美味，似乎已觉口舌生香。常州籍著名语言学大师赵元任也怀有很深的"常州萝卜干情结"，旅居海外多年，每次回故乡后，最先品尝的便是常州萝卜干和常州大麻糕。

是啊，在"呱啦崩脆"声里，也是那抹不去的乡愁！

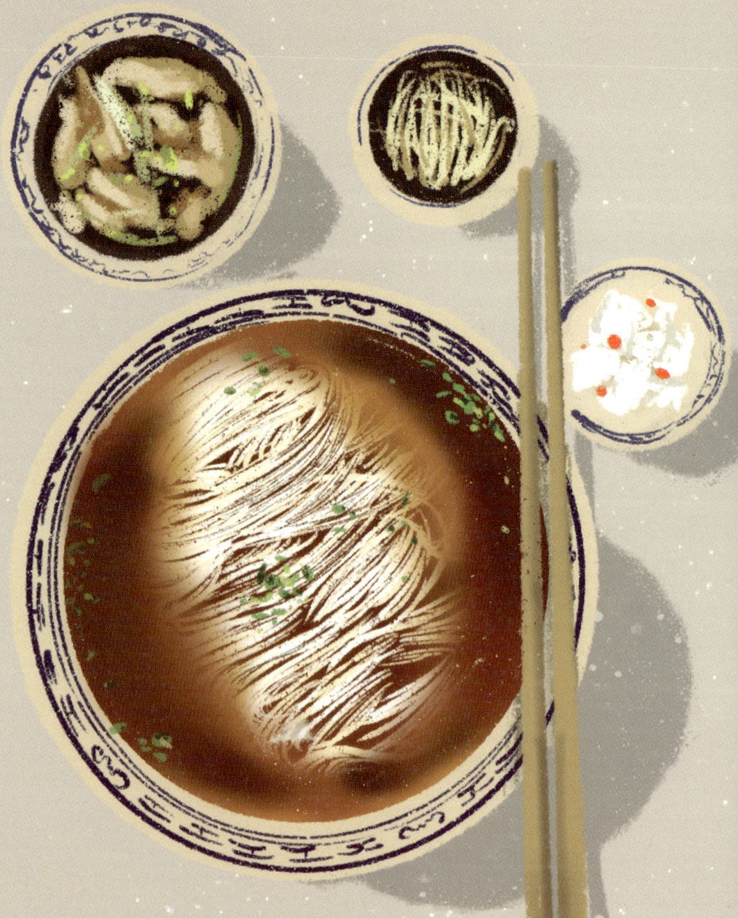

银丝面
yin2 sy1 mie6

常州银丝面,又被称作"光面"或者"荒面",是指没有浇头的面,由百年老店味香斋面馆于1912年创制。

在江南那几碗面条中,银丝面堪称最考究的细面,一定要符合"白如雪、细如发、韧劲足、滑而爽"的特点。这就要求面条的制作过程需要耗费很多工夫,首先选料上,一定要选择白粉来轧制,还要在面粉中直接加入鸡蛋清,再用细齿面刀轧制成面条。在轧面的过程中,也要比普通的面条多轧二道,使面条更筋道。银丝面的面条每根只有0.8mm,比一般阳春面的面条至少细0.2—0.4mm。所以，银丝面的下锅要求也很高，必须用比下阳春面更短的时间，才能保证面条"硬而不生，软而不烂"。银丝面的汤底以白汤为特色，不仅要用鸡骨、猪骨、鱼肉熬煮，还必须保证清汤透亮，这就是常州人对"面"的讲究！一碗银丝面还可以搭配着小锅现炒的"浇头"，比如小排、素鸡、大肠等都是极好的选择。

节省时间又方便的银丝面，是我起床的动力。要是家里没有准备早餐，便在楼下面店里来上一碗热腾腾的银丝面，瞬间活力满满。常州人对于银丝面的喜爱程度，就好像是四川人离不开辣一样，特别是那碗酱油汤底，时不时就会让人想念。不知道的人只道它清淡，懂的人才知道，简单的配方才最让人想念。毕竟最本真的，才是最美味的。

长荡湖大闸蟹

tsan3 dan6 wu 2
dou 6 zaq8 ha 3

　　相比阳澄湖大闸蟹，常州人更熟悉的是自己家的长荡湖大闸蟹。长荡湖大闸蟹的学名是中华绒螯蟹，生长在常州金坛境内的长荡湖。长荡湖水生生物资源丰富，盛产河蟹、米虾、银鱼等。这里养出的长荡湖大闸蟹，背青肚白，体壮敦厚，相比其他形体相似的蟹，体重要重得多，再加上优质的水生态环境、营养价值高，是为中国淡水蟹之上品。

　　每年的11月底，是长荡湖大闸蟹最肥美的时候。一般简单蒸一下便可，打开蟹壳，里面蟹身饱满得像是要撑开，母蟹蟹黄厚实，颜色金黄，运气好的还能

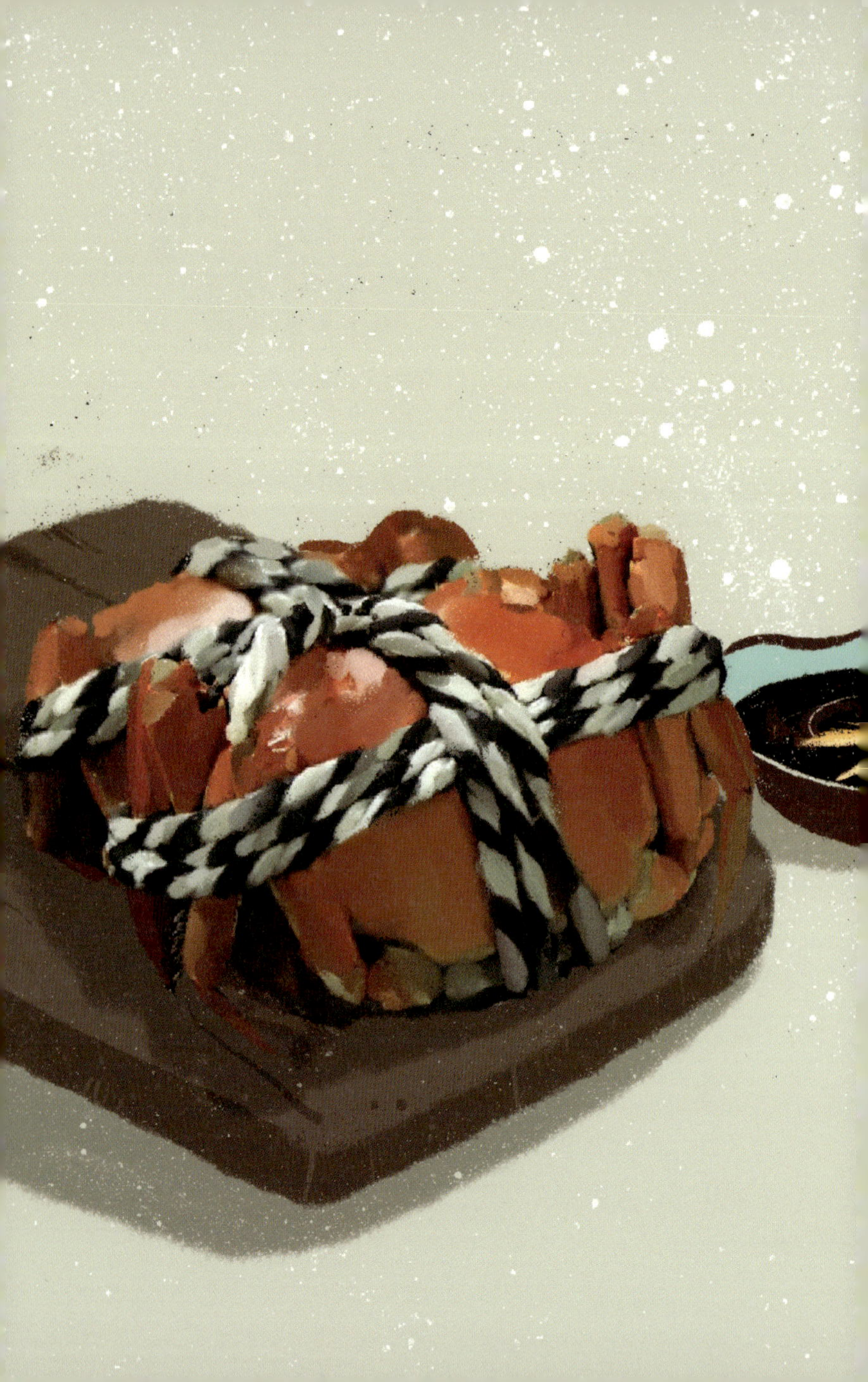

遇见流油的蟹黄，宛如一堆流沙般的金子，闪闪发光，让人忍不住大吃一口；公蟹蟹膏肥糯，满口生香。我每次吃大闸蟹，总要迫不及待地吃尽了蟹黄蟹膏，接下来再细品蟹肉。虽说不及之前，但是那细嫩的肉质和鲜甜的滋味还是让我忍不住吮指回味。

秋风渐起，丹桂飘香之际，配上一碟姜丝陈醋，再蒸上几只长荡湖大闸蟹，不要太绝！

横山桥百叶

wan 2 sae 1 jiau 2
poq 7 yiq 8

百叶，因其形似书页而得名，古称"千张"。本是祭祀祈福的食材，如今几乎在常州每家饭店的菜单上都能看见一道"红汤百叶"。

每次我跟奶奶说想吃百叶的时候，她就会起早去菜市场买一斤当天手工制作的百叶。先将百叶在开水中烫过，再倒入精心熬制的鸡汤中，佐以黑木耳和笋片，煮开一分钟就出锅了。百叶的浓厚豆香交织着鸡汤的鲜美，入口韧劲十足，十分嫩滑，口感细腻。除此之外，百叶还可以用来炒蘑菇、炒五花肉、炒笋干，可谓是"餐桌之王"！据说还有一个小技巧：入锅前把百叶放在盐水里泡上十分钟，烧出来的百叶会更加软嫩。

虽然第一眼看到百叶就觉得它十分朴实无华，但其实美味有时候并不需要花哨，简单质朴的食材也能碰撞出特别的口感，正所谓"简单即美味"。可惜随着工业化时代的到来，正宗的手工横山桥百叶在市场上是越来越难见到了，机器做的百叶吃起来口感比较粗糙，流失了手工制作的细腻感。横山桥百叶独特的制作技艺自明清至今，近400年薪火传承，要经过整整九道工序。工磨豆浆、沥浆、煮浆、点花都是关键工艺，与"千张"不同的是，百叶还有闷缸、压榨的工序，只有这样才能厚薄一致，香气四溢。一张张横山桥百叶的背后，是一层层纱布和豆花，全程皆由人工制作，饱含的是常州手艺人的匠心和为我们传承历史味道的初心。

如果你是豆制品爱好者，等降温时，记得吃上一碗热乎乎的横山桥百叶，鸡汤、红汤都是绝佳选择，暖心又暖胃。

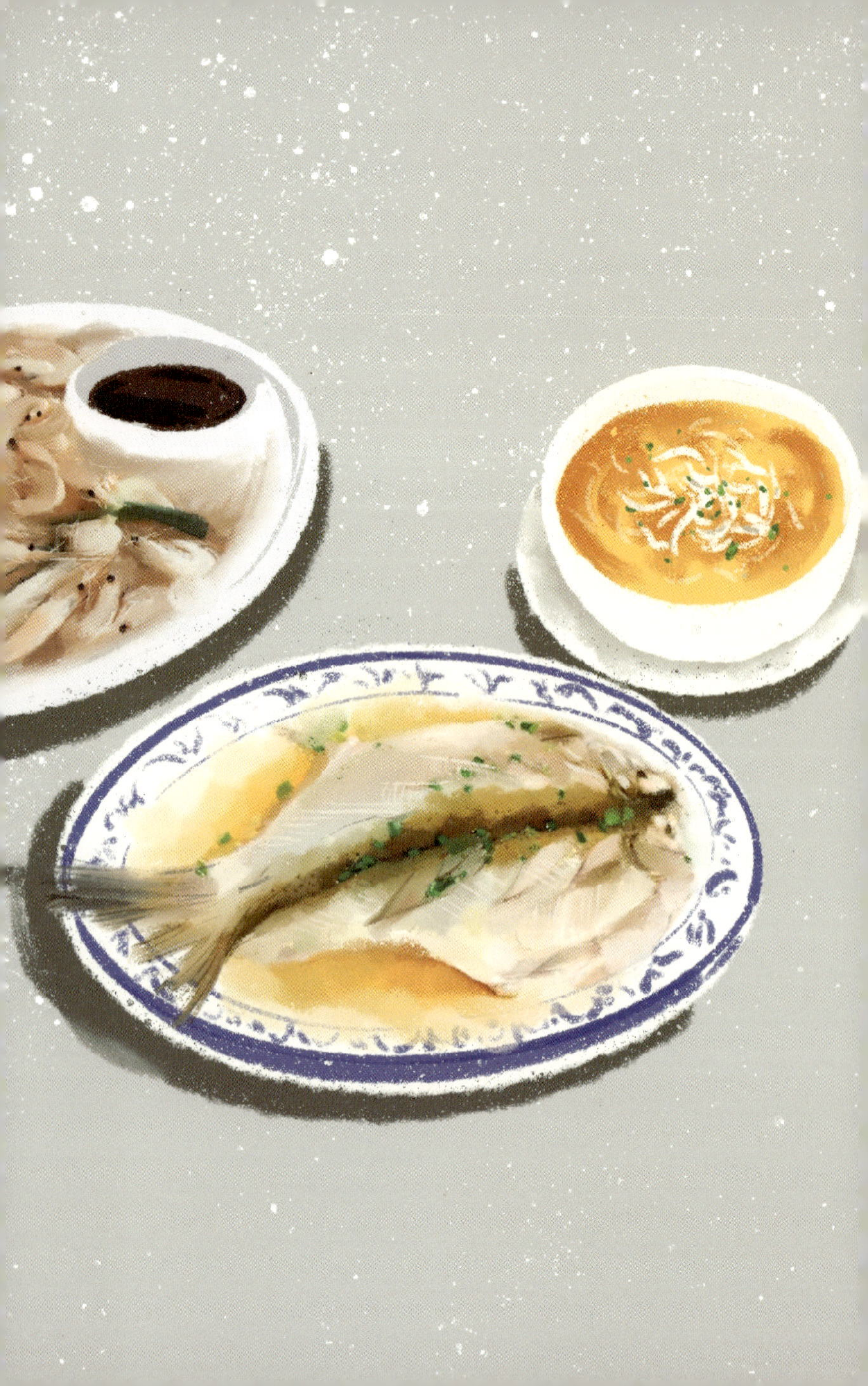

太湖三白
tha5 wu2 sae1 boq8

太湖三白指的是太湖白虾、银鱼和白鱼。由于其色泽均呈白色，因此得名。

位于太湖三白之首的铁定是银鱼，它可能是我见过体积最小的鱼类了，只有几厘米长，要是在银鱼羹里，估计要花很长时间才能找到吧！我最常吃到的便是银鱼和鸡蛋的组合：银鱼蒸蛋羹，银鱼炒蛋。银鱼肉质十分细腻，洁白鲜嫩。

太湖第二"白"是鳞细光亮的白鱼。如果是刚捕上来的白鱼，自然是清蒸最好，尤其是腹部那条软肉，十分肥美，肉质细腻。常武地区的白鱼和豆斋饼一起蒸，常常被人形容为"鲜掉了眉毛"！记得用盐腌一会儿，肉质会更紧致，最后再淋上葱姜调味汁，"鲜"就一个字！

太湖最后一"白"是俗称"水晶虾"的白虾。活的白虾虾壳极薄，虾体透明，十分晶莹剔透。胆大的人可以尝试"醉虾"，用白酒洗一遍白虾，再把它们放到调好的酱料里，闷到它们昏过去。刚昏过去的虾，还是透明的，此时直接捡起一只活蹦乱跳的虾放入嘴中，真的鲜极了！

粢饭团
zi vae6 doe2

常州有一种点心叫作"饭团"或"粢饭团",就是用木桶把糯米掺和粳米蒸熟,然后包裹住一根油条(这可是不可或缺的食材),撒上白糖,选上自己要的配料,包成圆球形状。小时候我早上起来没吃早饭,就会去路边早餐摊买一个热腾腾的粢饭团,老板娘制作的时候,手拿湿布,将糯米饭摊在手上,放上我喜欢的内馅,抗饿又实惠。轻轻咬上一口,软软糯糯的,那叫一个"心满意足"。老常州人最喜欢的早餐搭配还有大麻糕配豆腐汤,粢饭团配豆腐脑,米饭饼夹油条。这老三样从民国起就受人喜爱。

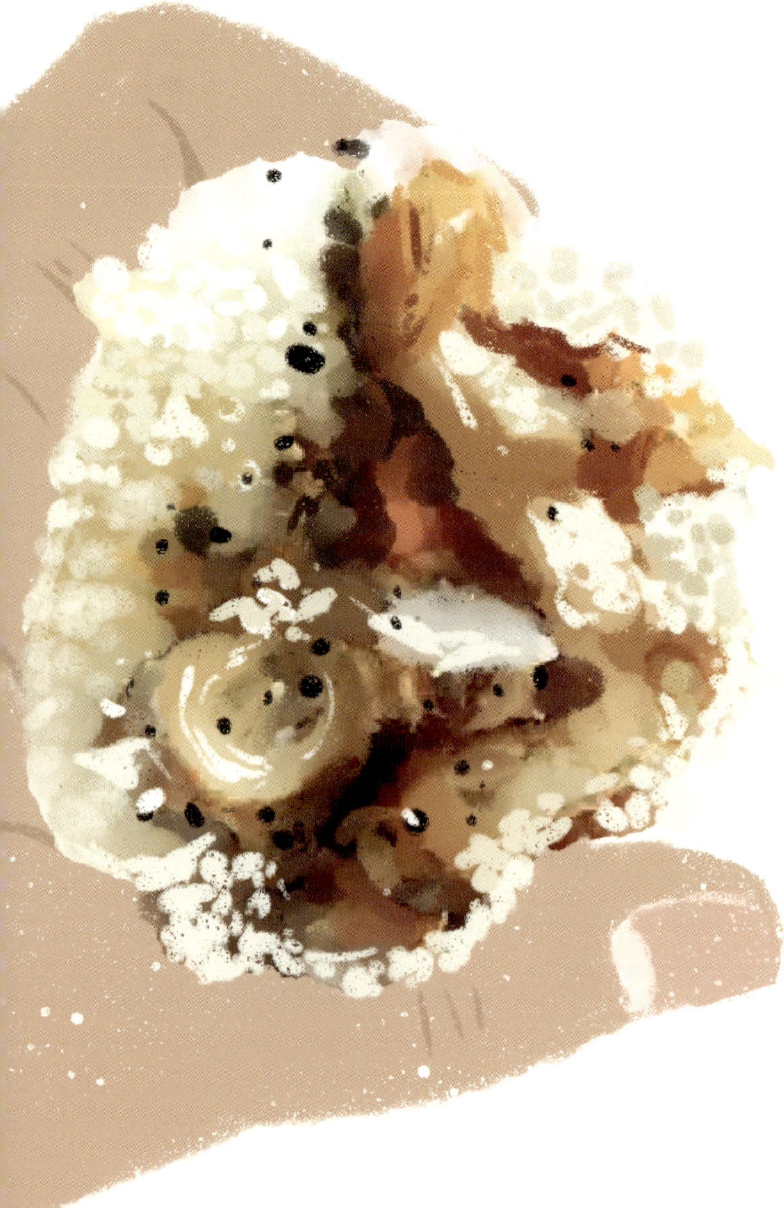

粢饭团圆鼓鼓的造型里面能塞满所有我想塞进去的食材：肉松、榨菜、咸菜、咸蛋黄，你想要的配料都能加上，堪称"中国巨无霸"。而且，咸口和甜口它都能满足，实属甜咸平衡的"端水大师"。可能唯一的"缺点"就是太抗饿了，早上吃完，中午饭都不要吃了。

如今的清晨可能看不到上班人士手拿一个粢饭团边走边吃了，就连粢饭团铺都少了很多，也不知道将来的小朋友们还有没有这种口福了……

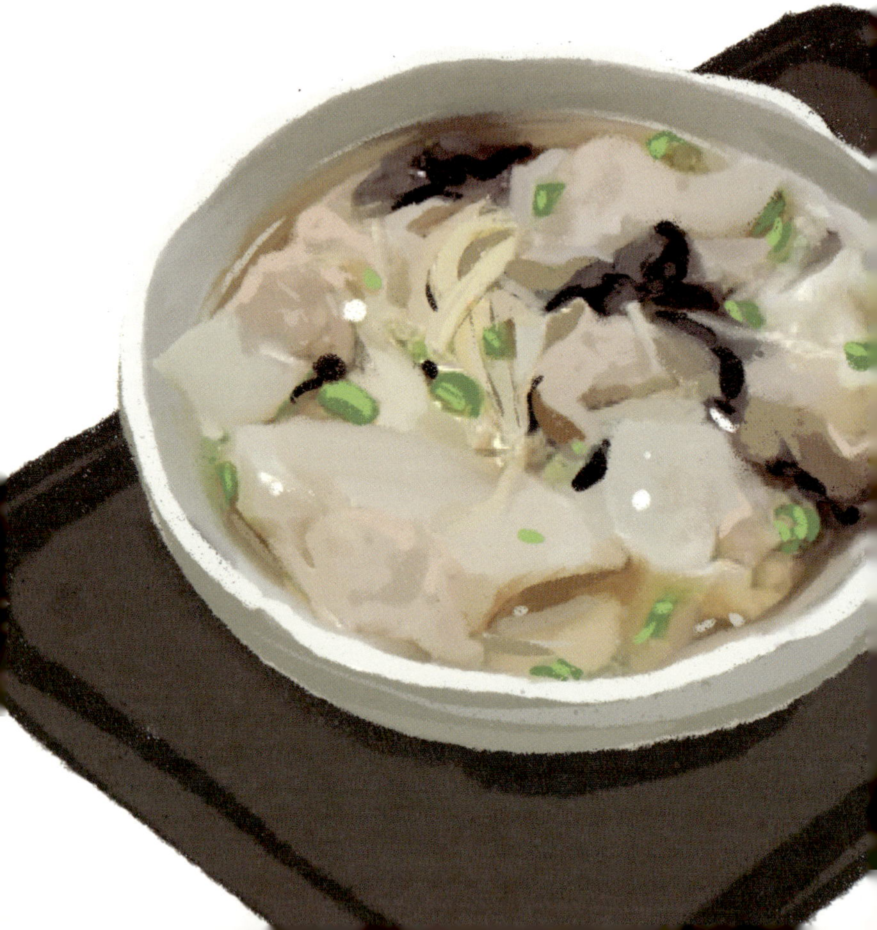

海鲜小馄饨
hai3 sie1 siau3 wen2 den2

　　湟里苏果超市出来的那一条街上，开着一家正宗的海鲜馄饨店。店里摆着几张富有年代感的桌椅，大锅里是冒着热气的汤，看起来虽然有点破旧简陋，但前来吃馄饨的人却络绎不绝。老板这么多年，一心一意只卖馄饨，其他不卖。小时候总觉得老板的手仿佛有魔力，一贴一捏一压，饱满又精致小巧的小馄饨就诞生了，一气呵成，那行云流水般的动作一看就是岁月的积累。

　　虽然物价飞涨，但如今外婆家门口的小馄饨还保持着亲民的价格 10 块钱就能买到满满当当的一碗皮薄馅嫩的小馄饨，一口一个，绝对够吃！只需要一小匙麻油、一层葱花、一小撮紫菜和虾米、一点盐和味精就能做好海鲜风味的汤底。用汤匙轻轻一搅，香气四溢，一只只晶莹剔透的馄饨立马浮起来，别看佐料简单，在家里怎么模仿也学不会哩。

这小小的馄饨店，虽然没有太过醒目的招牌，也没有夸张到"惊为天人"的口感，但正是这平平淡淡的家常味道，让我难以忘怀。在北方就没有这么小的馄饨吃，何况这边吃饺子的更多，皮厚无汤，在我心目中无法和小馄饨媲美。想到之前住在外婆家，可以端自家的碗来买一些生馄饨带走，就甚是怀念啊！细心的老板还准备了面粉，撒在即将被带走的馄饨上，保证它们之间不粘连。

每次想到这一碗热气腾腾的小馄饨，就能穿越到那飘香的巷弄里，回到了简单而美好的童年！

原来有馅的包子也叫馒头？

北方有区分包子和馒头的习惯，有馅的叫包子，没馅的叫馒头；而在吴语地区，没有区分包子还是馒头之说，因此所有都统称为馒头。比如，长辈们称肉包子为肉馒头，菜包子为菜馒头，小笼包为小笼馒头，生煎包为生煎馒头。

一般过年的时候，家家户户都会做上几十个馒头，比如典型的萝卜丝馒头、咸菜馒头、荠菜馒头、豆沙馒头等。这时候我听到长辈们说"要不要早上来一个馒头呀"，第一反应总是摇头拒绝，可能思绪还停留在北方呢！

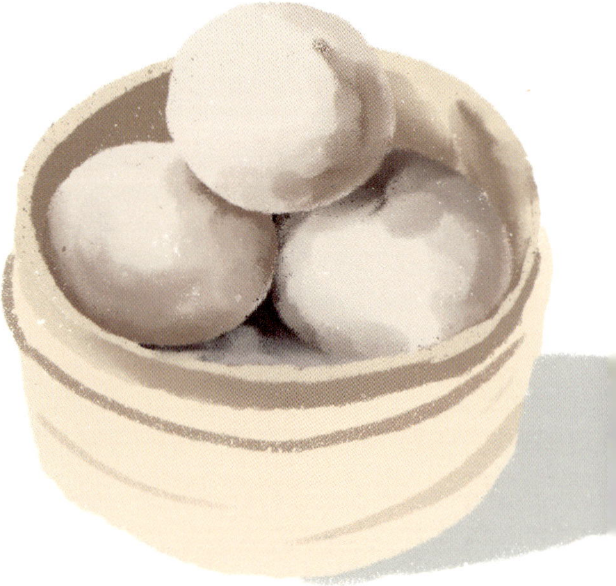

下次去点小笼包时,可别说成"来一笼小笼包"哦!正宗的说法是:"老板,来一笼小笼馒头!"

第二章 · 常州俗语

Chapter 2

猪头三

tsyu1 dei2 sae1

"猪头三"是常州人用来形容一个人不明事理，做事呆头呆脑的词语，表贬义。而对应的俗语"好捞弗捞猪头三"意思是有好处还不拿的就是傻瓜。其实，"猪头三"来源于古代吴越祭祀的风俗"猪头三牲"。"猪头三牲"包括了猪、鱼、鸡小三牲，是民间祭祀的常见物事。而"猪头三"省略了一个"牲"字（"牲"之前代表的是畜生，所以把人当成畜生来骂，这种骂人的程度还是相当严重的），现在的语义强化了猪的含义，表达一个人像猪一样光吃光睡不干活，笨头笨脑的样子。

由此可见，这些诙谐幽默语言的背后还隐含一分恶意，避免了使用者直接骂人的情况，可能这也是一种与人交往的语言艺术吧。

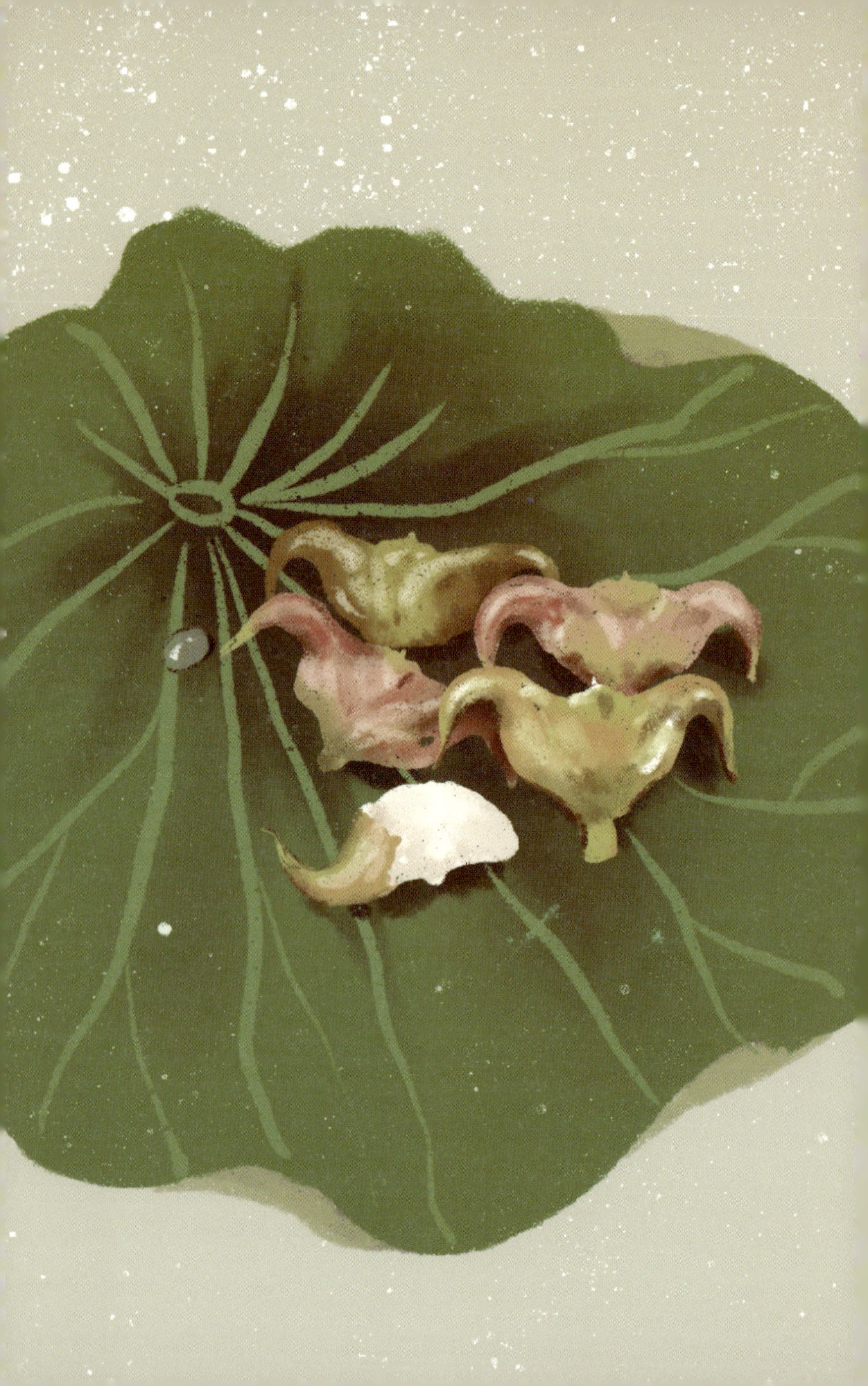

荷叶包野菱

ghou2 ia3 pau1 yi98 lin2

每当夏秋交替之时，郊区的村民会提着菱桶在村前后的小河浜里采摘新鲜的野菱，然后到街上一边吆喝着一边卖。在常州，菱有"家菱"和"野菱"之分，家菱鲜甜爽脆，其果肉莹白如玉，看着都那么讨欢喜，而野菱个头虽小，两头的菱角却异常坚硬。采完一筐后，大家会就地取材，用荷叶包裹着采来的野菱。这时，尖锐的菱角总会"脱颖而出"。这就引出了一句常州的俗语——荷叶包野菱。荷叶包野菱的字面意思是荷叶包不住野菱，比喻外面的表层是掩盖不了实质内容的，是不是很有画面感！

拼死吃河豚

phin1 si3 chiq ghou2 den3

　　河豚,又被称作"气泡鱼",因为它受到惊吓时会气鼓鼓地胀成一个圆球的形状,虽然看起来很可爱,吃起来味道也很鲜美,但是众人皆知,河豚有剧毒。冒着死亡的危险去吃河豚就是常州人所说的"拼死吃河豚",比喻冒险做某事。简简单单的五个字就蕴含了美味的享受和致命的危险。

　　吃河豚最著名的人就是苏东坡。据说在宋朝,有一天苏东坡的朋友得到一条河豚,仔细洗净和精心烹制后,请苏东坡来品尝。因为朋友是第一次制作,其家人不敢先食,都躲在屏风后,希望能听到美食家苏

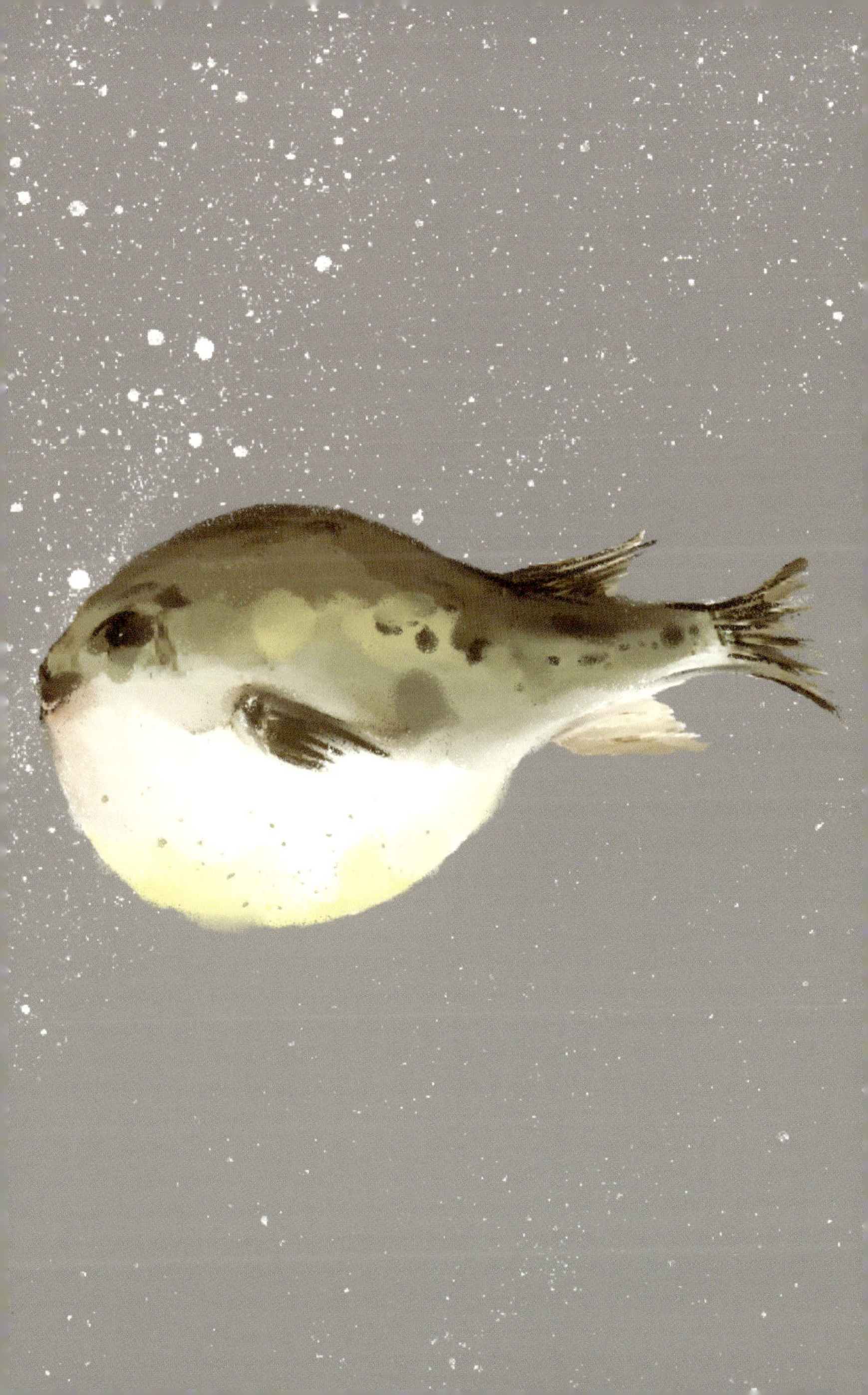

东坡的评价。河豚端上桌后，苏东坡二话不说拿起筷子大吃起来，过了好久感叹道："也直一死。"意思就是如此美味的食物，也值得一死了！于是，"拼死吃河豚"这个说法就在江南地区流传开来。虽然我们无法考证这个典故的真伪，但它的流传足以说明河豚味之美。除此之外，苏东坡还曾写下"竹外桃花三两枝，春江水暖鸭先知。蒌蒿满地芦芽短，正是河豚欲上时"，可见他是多么垂涎于河豚！

河豚肉质鲜美，即便危险，依旧垂涎。虽然在中国有着"民以食为天"的理念，但是千万不要冒着生命危险只为去品味那一口美好的味道，更不要自行捕捞、自行加工食用野生河豚鱼。

蝗虫吃过界

wan2 dzon2 chi97 kou5 cia5

蝗虫,是一种能飞善跳的昆虫,虽然现代社会很少见了,但是在古代,蝗虫可是农作物的天敌,常常聚在一起,不分地域地扫荡庄稼,肆无忌惮地啃食叶子,轻而易举地就吃过界限。凡是蝗虫所到之处,庄稼片点不留,只剩下光秃秃的杆子,惨状让人目不忍睹,因此被人们称为"蝗灾"。

在日常生活中,常州人用"蝗虫吃过界"来比喻一个人的行为超过了应有的界限,侵害了他人的利益,或者形容一个人贪得无厌、凶狠过头。比如,当你想要警告一个人做事不要太过分的时候,可以提高声音

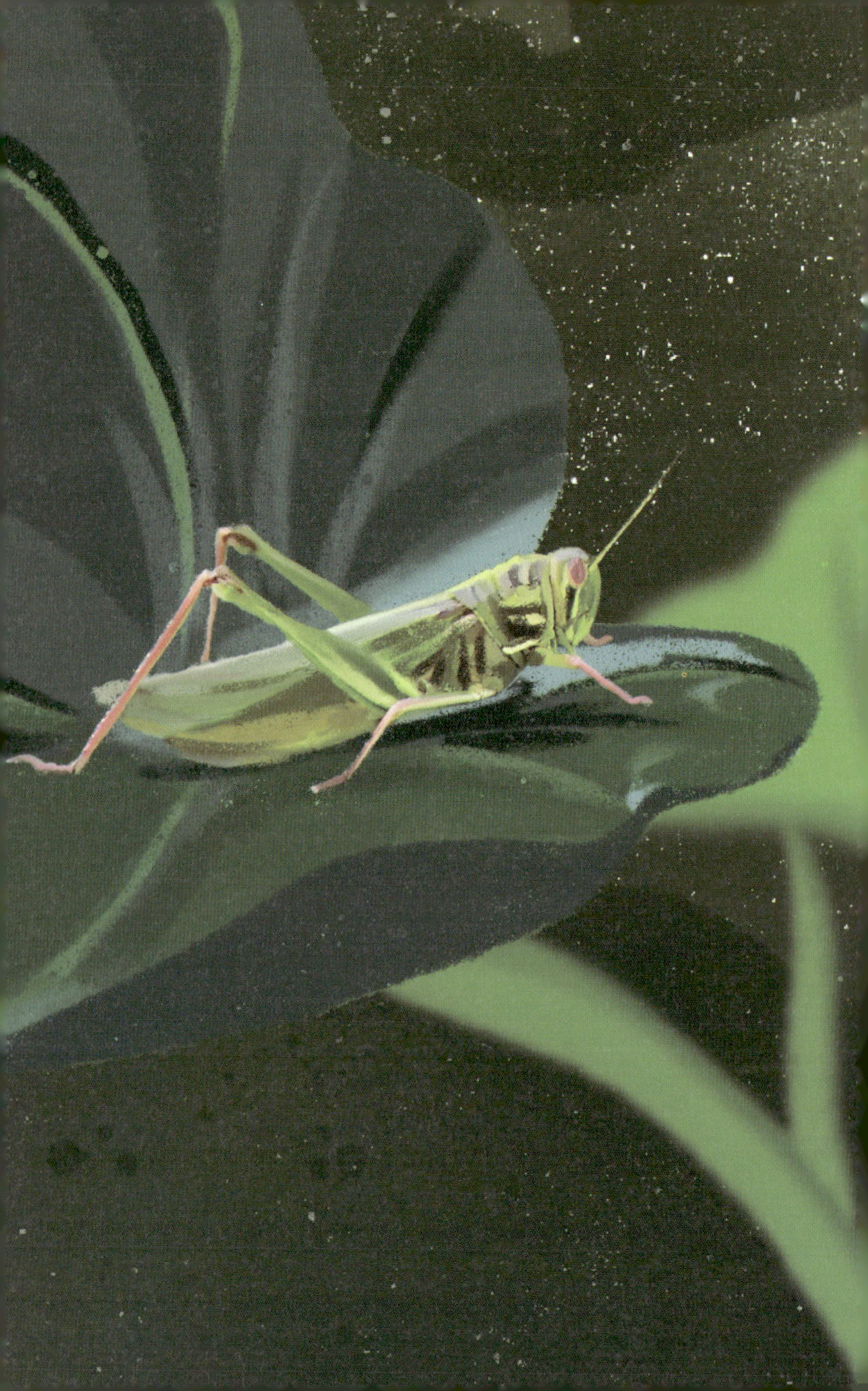

说:"你不要蝗虫吃过界啊!"以此起到提醒的作用。

没想到常州的方言俗语还可以由蝗虫的生活习性引申而来,语言真的很神奇,从生灵万物中都能找到灵感!

掩世
ie3 sy3

你身边有没有躲避事务和回避困难的人？这种对纷繁的现实生活视而不见，为了取得片刻轻松和清闲的行为就叫"掩世"。通常，人们会用"掩世"来批评和指责有这种行为的人，属于贬义词。比如，大家都在为一个团队项目忙碌时，有一个人却弃而不管、袖手旁观，躲到别处去偷懒了，就叫"掩世"。在使用的时候，"掩世"既可以做名词用，也可以做动词用。

"掩世作孽"指的就是这些人因为逃避现实，不负责任，把事情搞砸了。

"掩世"与"厌世"虽然听上去差不多，但其实还是有本质区别的。"厌世"代表厌弃人生,对世界失去了信心。而"掩世"的方法有多种,有避而不见的、借口托辞的、出工不出力的,还有装模作样的,不一定代表了一种悲观的心态。

一般情况下,我们都喜欢和勤快、努力("掩世"的反义词)的人合作。

掼跟头
gui2 ken1 dei2

"掼跟头"的字面意思是摔跟头、跌跤。如果你"掼得重",常州人就会说掼了一个"大跟头"、掼一个"死跟头",这种一定是比较严重和痛的。尤其是上了岁数的老人,身体比较脆弱,平常走路一定要小心,不能"掼跟头"。而"掼跟头"的引申义就是人生受到了大挫折,犯了大错误。我们在面对人生道路上的"掼跟头"时,要及时爬起来,吸取教训,不能下次再犯错,绝不能让"掼跟头"阻挡我们前进的步伐。

常州还有一句话很有趣,叫"惯你三个跟头不重样"。就像这个世界上没有两片一模一样的树叶,人也不会摔两个（更别说三个）一样的"跟头"。这句幽默的方言，和古希腊哲学家赫拉克利特所说的"人不能两次踏进同一条河流"揭示的道理是一样的，颇有哲学深度呢。街上两个人吵架的时候，一方会对另一方说："你勿要老相，我要惯你三个跟头不重样。"（你不要太过分自以为是，再惹我我就要让你受教训。）

空灶头
khon1 tsau5 dei2

"空灶头"在常州话里就是早晨的意思,因为在远古时期,人们对时间并没有十分精确的概念,既不知道一天有二十四小时,更不知道时分秒的差别,所以只能用上半天、下半天、昼上、夜头等抽象的概念描述时间。在常州,灶头是用砖泥砌成的厨房用灶,用来做饭,而"空灶头"形容的是灶头的状态,当灶头还处在空的状态,当然是大清早、早晨啊!

除此之外,灶台上盛水用的小型盛器在常州话中叫"拗勺",另外一个和它读音很接近的是"拗手"。在过去没有塑料盆桶之前,"拗手"是常州人家家必备的盛水器具,也是嫁女儿必备的嫁妆之一,主要用来洗脚、用水、洗衣等。无论是盛有水还是没有水,人们只需要稍微弯一下腰就可以拿起来"拗手",一只手就可以完成搬运、泼倒等动作。

卖相
ma5 sian5

人处在社会之中,留给别人的第一印象,往往就是人的外表形象,按常州话说也就是"卖相"。通常说的"形象佳"在常州话里讲就是"卖相好"。"卖相"出众的人看着舒服养眼,回头率高。而门面包装也是一种"卖相",比如一些小有名气的商店,往往打着百年老店的旗号,以老字号作为卖点,希望吸引更多顾客。又比如上菜市场买水果,卖水果的老板把苹果表面擦得干干净净,看上去非常新鲜,一看就是刚从农场运来的,这就是水果的"卖相"。"卖相"好呢,生意当然就好!人有人的卖相,物有物的卖相,事也有事的卖相,凡是指人、物、事等等表面的好坏优劣,都可以用"卖相"这个词。

卖相做的是表面文章,常州有句老话叫"猁猁扫地面前光",意思就是做事只求表面光净。这里的"卖相"又是另一番含义了。

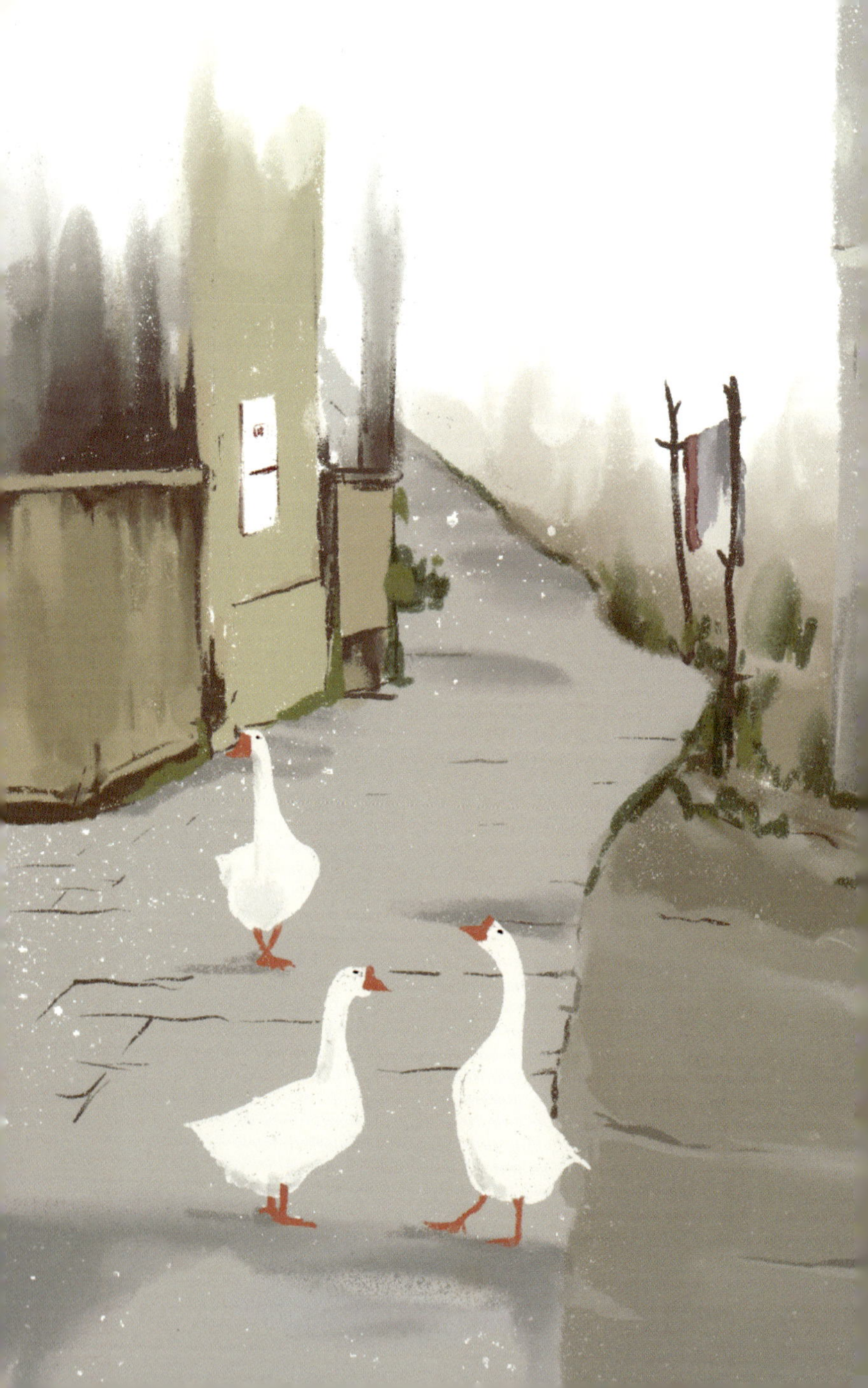

把鹅称为"白乌龟"

先讲一个好玩的故事。一个常州人在北方出差，到餐厅点菜的时候跟老板讲："老板，来一份红烧白乌龟！"

老板一听，惊呆了："乌龟还有白颜色的？我长这么大也没有见过呀。"

常州人看着老板惊讶的样子，结结巴巴解释不出来，干脆拉着老板到院子里，指着鹅说："这个白乌龟！"

老板恍然大悟说："哦，鹅，是吧？"

"对，鹅……白乌龟。"常州人一下子如释重负。

"这个人真是奇怪，明明是鹅，为什么要说白乌龟？"老板嘟囔着去做饭了。

吴语地区中的无锡、苏州、上海等地都把鹅叫作白乌龟。你可能会问："虽然有的鹅确实是白色的，但是和乌龟却完全不相关吧？"

其实是因为"鹅"与"我"在吴语中同音，而鹅家养后总是要被杀被吃的，但"杀鹅"用常州话说就成了"杀我"，这当然是大忌。避讳、讨口彩、求吉利是中国人的传统。鹅和乌龟同在水里生活，行动起来颇像乌龟，故江南人就用乌龟来代替它，而"白"字区别于真的乌龟。

老鼠不留隔夜食

lau3 tshyu3 peq7
lei2 kaq7 ya6 zeq8

老鼠有个特点，偷到任何东西，当夜就吃光，不会留下来慢慢吃。所以常州人就发明了"老鼠不留隔夜食"来讽刺那些过日子毫无计划，只要有钱在手头就立即花光，过一天算一天的人。这句话和"倒头光""穷光蛋"等语的意思大体相同，都指的是败家子、秉承及时享乐主义的人。

除此之外，常州俗语中还有一个是和鼠有关的，那就是"龙生龙，凤生凤，老鼠的儿子掘壁洞"。从字面意思上来看，这句话揭示了遗传基因对生命体的影响。比如，龙和凤这种在中国文化里地位极高，受

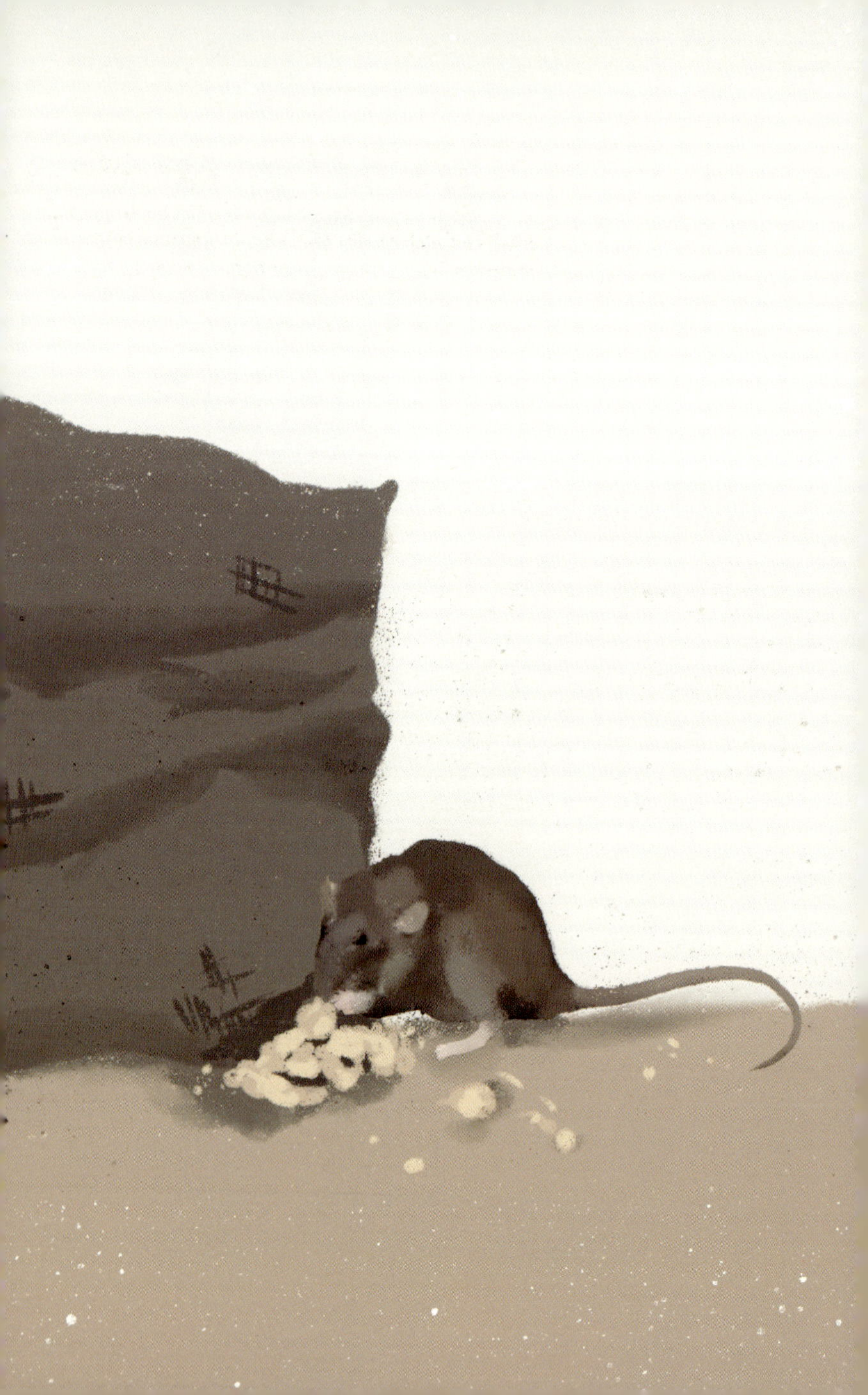

众人追捧的"物种",它们的后代也会传承其高贵典雅的特性。而鼠的特性也仍然会遗传给它的后代,丝毫没有改变。人也是一样,什么样的父母生出什么样的子女,原生家庭对孩子的影响很大。父母的言谈举止、三观等都会给孩子的成长造成不可磨灭的影响。

但是,生物的特性也会因为外部环境等因素发生改变,即变异。同理,人的性格特点不是无法改变的,可以通过外部因素来影响,使其改变。所以,这句话也同样强调了家庭教育的重要性。父母永远是孩子们最初的老师,其一言一行都会直接影响孩子的成长。为人父母需要正确地引导教育,以身作则,树立正确的价值观和优良的家风。

父母的基因,会有遗传,也有变异。最终命运还是掌握在自己手中,所以,让我们一起加油吧!

猫
mau 2

除了"鼠",常州话中还有许多关于"猫"的俗语。

第一个是"懒猫"。由于猫一天中有14~15个小时在睡眠中度过,还有的猫要睡20个小时以上,那些平常喜欢睡懒觉的人就叫"懒猫"。猫也从此给人留下了整天萎靡不振、无精打采的印象,所以精神不振的人也被比喻成"病猫""烂死黄猫"。

当然,当你辛苦工作了一周,周末难得睡个懒觉也未尝不可,还是要劳逸结合的!

第二个词语是"猫食"。想必家里有宠物猫的人都清楚,小猫咪一般一天吃的猫粮也就80—150克。

由于猫的食量并不大,所以"猫食"用来比喻吃得少或者饭量过小。有的时候晚上我吃得比较少,而当我只盛了一小碗米饭的时候,妈妈看见了就会说:"你又吃猫食啊,再去盛一点米饭去!"

最后一个词语可能比较形象,叫"猫盖屎"。猫一般都比较爱干净,每次大便后总会用泥土和树叶把自己的大便埋起来,这就是"猫盖屎"的来历。但是,如果"猫盖屎"这个俗语被用到了人类的身上,就带有贬义了,用来批评做表面文章、做事不认真、敷衍塞责、推卸责任的人。这类人和猫的行为一样,善于寻找遮羞布、遮掩自己的问题。

猴急
ghei2 ciq7

猴子作为灵长类动物中的聪明动物,生性好动,疑心很重,与生人相处时时常焦急不安,心神不定。常州人说的"猴急",有顾虑、惧怕等意思。比如,你以为你考砸了,结果老师有一天找到你家长并表扬了一下你最近的进步,你可能会说:"有了老师的这句话,我就不猴急了。"

牛
gnieu6

　　从俗语中就不难发现常州人对动物的喜爱程度。说完猫、鼠、鹅、猴后，现在就来讲一讲牛吧！

　　首先，提到"牛皮糖"大家一定都很熟悉。这个号称扬州一绝的糖富有弹性，韧性很强，需要细嚼慢咽。有的时候"牛皮糖"也可以用来形容人，指的是脸皮非常厚（想象一下牛皮糖柔软而坚韧的口感和纠缠在一起的样子），纠缠不休或干事不干脆的人。当你想吐槽一个人死缠烂打一直找你的时候可以说："你怎么像块牛皮糖一样甩都甩不掉啊！"

　　其次，"牛身上拔根毛"一般会被用来形容人的力量、贡献，或者事物的数量微不足道，不值一提。

最后，一个十分生动形象的词语叫"牛吃蟹"。牛一般以草料为食，不吃荤食。让它吃长有硬壳的蟹，无疑是勉为其难。所以民间以"牛吃蟹"比喻一个人硬着头皮一直在做自己不擅长的事。在觉得吃力又不能胜任时，当事人也常用"牛吃蟹"自嘲。有的时候，当人们因为某件事成功而获得大家称赞时，也会谦虚地说，"牛吃蟹，牛吃蟹"，言下之意就是，"我尽力了，所以才侥幸成功"。

有关"萝卜"的俗语

红萝卜是常州的土特产,红皮白肉,甘甜爽口,是萝卜干的原料。可能是常州人喜欢吃萝卜干的缘故,有关萝卜的俗语也不少。

第一个是"一个萝卜一个坑",用来形容人手很紧,没多少劳动潜力可挖。比如,一个老板为了防止别的公司抢人会说:"你看我的工地现场就这么几个人,真是一个萝卜一个坑,少了一个都不行。"除此之外,"一个萝卜一个坑"也指分工比较恰当,没有多少变通、松动的余地。比如:"你不要以为这里活好做,一个萝卜一个坑,对专业性要求很高,随意变动就乱套了。"

第二个叫"拔出萝卜带出泥",十分形象。一般萝卜从地里拔出来,必定会沾上泥土,所以常州人会用这句话指代在做某项工作时,顺带办成了意料之外的事或者发现了其他问题。如在侦破某一起赌博案件的过程中,连带破获了一起贪腐案件;或者调查一个贪污官员的时候,其他相关人员也暴露了出来。读到这里,你可能会发现常州很多的俗语都来自于乡村生活,就像拔萝卜的经历,城市的人肯定没有经历过。

第三个是"烂泥水洗白萝卜"。每次从市场上头回来的萝卜都要放在水里浸泡几十分钟,即使水非常浑浊,洗过后的萝卜也是显得十分白亮干净。人们用这句话说明洗和不洗的效果是不同的,不能因为水有点浑就不洗了。后来这句俗语又引申到人们的日常生活之中,比如外婆常说"泥水洗白萝卜,洗洗总归是好的",意思就是不要贪图省事,要肯花工夫,一分耕耘一分收获。

最后一个是"萝卜勿当小菜"。很多人认为萝卜价格不贵,比不上大鱼大肉,只能当作"小菜",所以这句话就是指轻视、看不起别人。比如："我倒是诚心诚意地帮他做点事,但他却拿我'萝卜勿当小菜',不把我放在眼里,想想真生气。""你不要自以为是,技术上有高低之分,但人格是平等的,你拿我萝卜勿当小菜,我不吃你这一套!"其实,在常州人的心里,萝卜可是蔬菜中的主打品种,怎么可能会拿"萝卜勿当小菜"呢?

撒憋气
sa1 biq1 chi5

撒憋气在常州话里指的是小孩子撒娇，跟大人赌气。比如，不如他（她）们的意时会哭闹，以不吃东西，不起床，离家出走要挟家人。当然，这个词也可以形容意气用事的成年人，毕竟又不是只有小孩才会撒憋气！

小孩子撒憋气，如果大人教导之后还不收场，就容易引起父母的责骂。我奶奶经常就对我妹妹说："你再撒憋气，就不带你出去了！"来起到恐吓的作用。而成人撒憋气很容易憋出纠纷，把事情弄僵，所以最好的解决方式还是要等他撒憋气之后（情绪充分宣泄），再进行劝慰疏导，妥善化解问题，不要强化矛盾。"撒憋气"者们，切记不要过于任性哦！

钻狗洞
tsoe1 kei3 dong6

  常州人经常会讲"既能钻狗洞，也能跳龙门"，形象地表现了一个人能屈能伸的精神。人的一辈子不会一帆风顺，所以有时候需要你委曲求全，忍气吞声，放下姿态做事情。但是有的时候"钻狗洞"也会被用来形容阿谀奉承的人，不顾自身的尊严而卑躬屈膝地攀附权贵，带有贬义色彩。毕竟狗洞是适于狗进出的地方，人一般不会去钻这种矮小的门。

遥饭碗

yau2 vae6 uoe3

在常州武进区，尤其是农村地区，有一个风俗习惯叫"遥饭碗"。每当吃饭的时候，人们喜欢端着饭碗去来往比较多的邻居家门口，三五成群地围着坐下边吃边聊。一般到夏天的时候，大家会搬几张凳子到树荫底下，这样比较凉爽。一般大家围坐在一起，会相互分享食物，你拿几块鱼，我搛一个鸡腿，再搭配一碗白米饭，吃得可香了！除了吃之外，遥饭碗最主要的还是坐在一起聊天，交换各自的所见所闻，从国家大事到每家每户的小事，什么都聊，是种自由自在、轻松、诙谐的民俗。

随着城市化进程的推进，现在的人们都住上了高楼，农村里遥饭碗的人也越来越少。这种特有的民俗还能流传多久，不得而知啊！

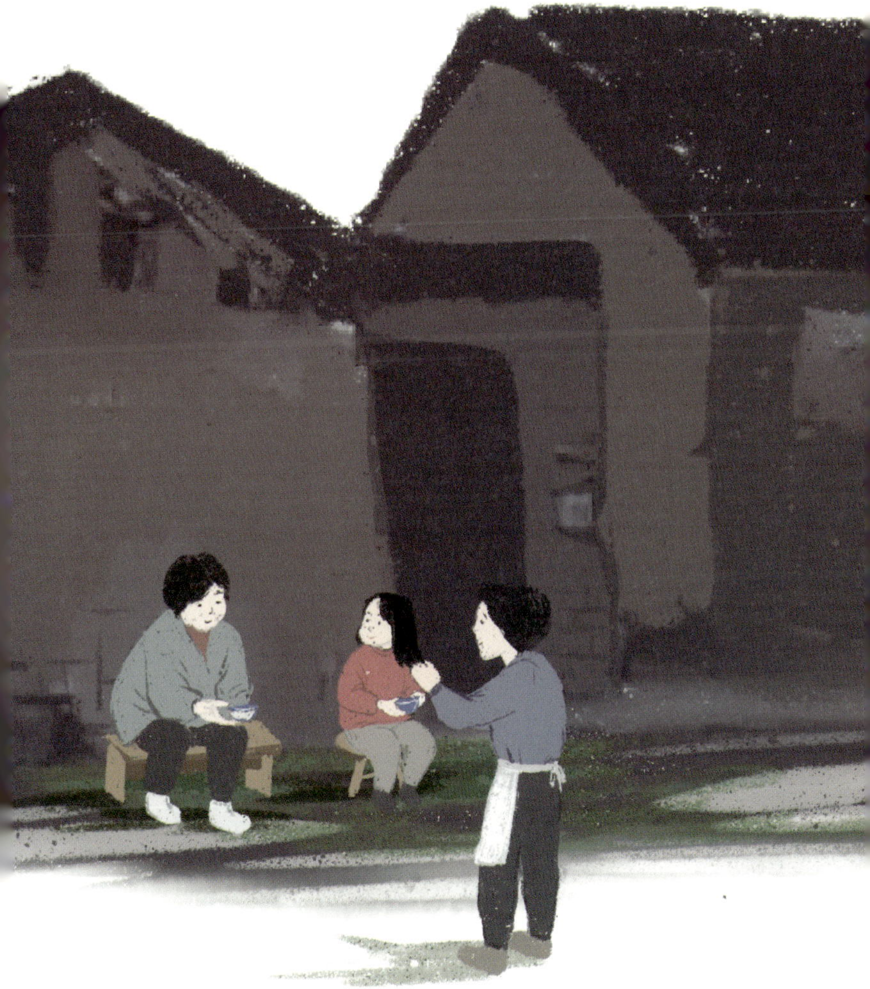

缠缠咧
dzoe2 dzoe2 liq8

常州人回答旁人对生活、工作状态或者某件事具体事态的询问时，会含糊其辞地说："还好，缠缠咧。"意思就是"还不错，马马虎虎啦"，处于说好也不是特别好，说坏肯定还不坏的状态。

缠缠起源于旧时的农耕生活。每到夏收或者秋收时，农民们都要用肩挑、手捧、身背等各种方式将谷物运送到谷场上。但无论是哪种方法，都需要仔细地先将谷物用绳子进行捆扎，只有经过这道程序后，运送麦子、稻谷才能高效率地完成。捆扎时需要抽紧打结，有利于较长距离的运送。如果办事马马虎虎，不认真对待，只缠绕上几圈，还没有到达目的地就会撒落一路。后来就用"缠缠"来表示这个事做了，但没有做得很好，比较马虎而不认真。

走路的学问
tsei3 lu6 tig7 yag8 ven6

如果一个常州人跟你讲"快点逃",千万不要以为自己做错了什么事而要逃走。"逃"在常州方言里是"跑"或"走"的意思,而相对应的"快点逃"就是"快走""疾走"的意思。所以,千万不要听到"快点逃"就落荒而逃,可能常州人只是催促你快点走而已,相当于北方话的"快点跑"。一般来说,"逃"和"跑"可以互换,但是在有些情况下"逃"和"跑"可不是近义词。比如,可不能把"赛跑"和"跑步"说成"赛逃"和"逃步",这样就连老常州人也听不懂了。

波路
pou1 lu6

在常州话中，几乎一切说"走"的时候都可以说成"波"。比如，普通话中的"走路"在常州方言中称为"波路"，邻里街坊之间经常会说"有空来波波啊"，就是有时间来走走的意思，几个孩子上街玩就是"波白相"，走着玩玩。除此之外，常州方言中的"波"很可能就是古汉语中的遗音。查阅《古代汉语词典》，"波"就有"跑"的释义，而《乐府诗集·企喻歌》也有这样一句话："鹞子经天飞，群雀两向波。"

有趣的是，普通话里竟然也有"波"这个字。比如，"四处奔波"就是"到处奔走"的意思。可见常州方言中的"波"和普通话的"走"是相通的。

"波"这个字已经被常州人使用了上千年,希望它以后还能在历史的长河中慢慢地"波"下去,不会消失。

考你一下:"其实地上本没有路,走的人多了,也便成了路"(出自鲁迅的《故乡》)用常州话怎么讲?

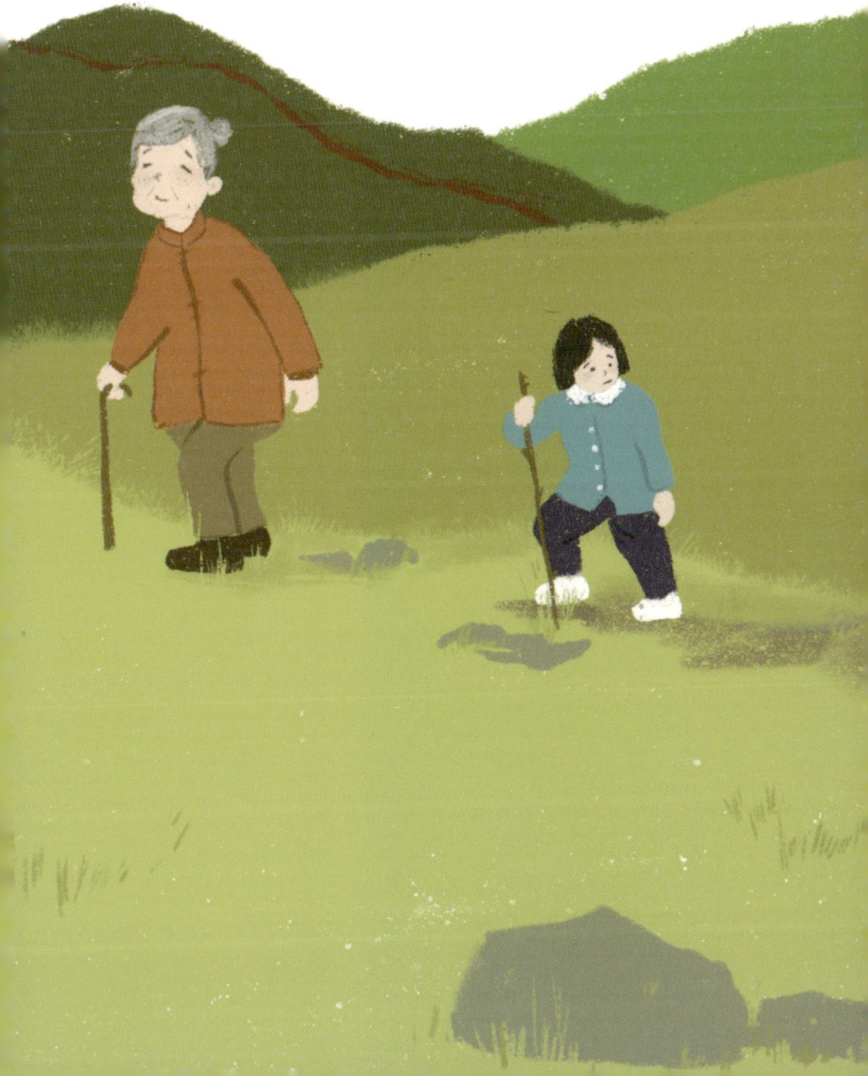

第三章 · 节日

Chapter

3

张节

tsan1 tsiq7

　　"张节"是指逢年过节小辈们带礼物去拜望长辈和值得尊敬的人。一年中有三个节日要"张"，分别为端阳（端午节），八月半（中秋节）和过年（春节）。端午节去"张节"又被称为"张端阳"，人们通常会送咸鸭蛋（或皮蛋）、绿豆糕等，而"八月半"当然是要送月饼啦！女儿女婿端阳节要回家"张丈人"，一般来说，新女婿送礼的分量比老女婿要重。随着时代发展，送礼的内容也更加"随心所欲"了，现在"张节"礼物大多变为烟酒、瓜果和补品等。

　　中秋节前，部分地方的"毛脚女婿"第一次去未

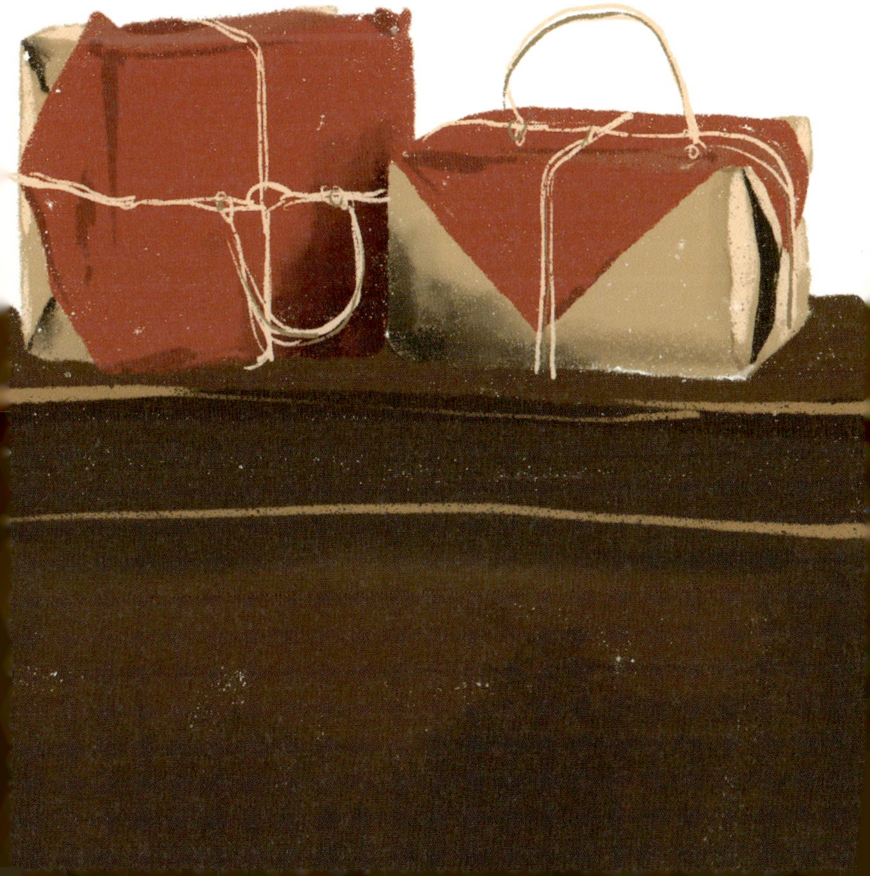

来岳父岳母家张节除了带月饼，还要准备莲藕，很是有趣，常州人俗称"张八月半"。而过年时，女婿带礼品前往岳父母家"张节"，一般都在年初二，称之为"露头女婿"上门，这个时间上门的女婿有出息、会发财。在普通话里，我们对姓氏的"张"、量词的"张"等印象比较深，而对动词的"张"，比如"张好碗吃饭"，以及动词名词化的"张节"忽略了。当我们理解了常州民俗中"张"还有探望之意，就能强烈感受到"张节"的匠心独运，用法之妙。这个词能让人充分感受到尊师重友、"百善孝为先"的中华传统美德！

重阳节
dzon 2 yan 2 tsiq 7

　　重阳节,在常州民间历来有登高赋诗、赏菊饮酒、吃重阳糕等习俗。比如"登高"的习俗相传与"避难消灾"有关。传说一个借宿的老人对主人说:"九月九日你家中要有灾,必须往高处搬家,越高越好,还要搬到草木稀少的地方,这样就可以免灾。"主人听了老人的话,九月初九清晨带领全家登山,果然无事。傍晚回到家,发现原来住的房子着火了,而且火势向山上蔓延,好在主人听了老人的话,选择了草木稀少的地方,火没烧上来。从此,便留下了登高避灾的习俗。

　　重阳吃重阳糕的习俗起始于西汉,有人说是缘于重阳登高的习俗。常州地处平原，很少有山可爬，所以智慧的常州人想到"糕"与"高"谐音，于是"蒸糕"就成功替代了"登高"，成为了当今最常见的重阳节习俗。重阳节吃蒸糕象征着学有所成、步步提高；生活美满、节节向高，是个吉兆。因此，常州人做重阳糕是很讲究的，重阳糕上面可以放上象征甜甜蜜蜜的蜜枣，放上象征生活多姿多彩的红绿丝。每年重阳节前，一家人聚在一起，团团圆圆吃重阳糕，除了享受着重阳糕吉祥寓意之外，更有了重聚的欢乐。

现在的重阳节被国家定为"敬老节"。在这一天里，人们更多是孝敬老人，带着老人外出登高、祈福，也体现出了中国"百善孝为先"的传统美德。随着社会老龄化，空巢老人的数量不断增加，作为年轻的一代，我们一定要抓住机会去敬老爱老。

九月十三"钉靴节"

作为一个00后,我没亲眼见过"钉鞋",只听老一辈讲到这是每家每户常备的雨鞋。

雨天穿的钉鞋下面有四个钉,可以防滑,因此被称为"钉鞋"。而下雪天时人们会把钉鞋套在棉靴上面,这样出去串门棉靴不沾泥雪,不打滑。这种鞋子由于经常接触雨水,不用的时候需要用绳子挂起来,放置在通风干燥的地方,以防生锈腐烂。由于当时挂钉鞋的绳子多是麻绳,加上钉鞋的重量,如果长期不用,麻绳腐朽就会断掉。

有句古话叫"九月十三落,钉鞋不离脚",意思就是如果阴历九月十三这一天出现了降雨，那么之后的很长时间都会阴雨不断。长时间的降水，势必造成道路难行，尤其是在过去的农村，土路比较多见，长期下雨之后的土路，不穿钉鞋寸步难行，从而钉鞋脱不掉。

还有一句话叫"九月十三晴，雨鞋挂断绳"，意思是如果九月十三当天是大晴天，预示整个冬天可能都没有大雨雪，所以雨天穿的靴子就可以收起来不用了，雨靴被挂的时间一长，连麻绳都腐烂了。潜台词是有可能出现干旱的情况，而降水很少，会对农业生产有影响。所以说根据农谚，九月十三出现降雨对于农事才是有利的。

作为现代人，虽然我们会通过更为准确的天气预报来了解近期的天气变化情况，但是这些俗语也是多年的经验累积，有借鉴参考价值，更突显了古人的智慧。

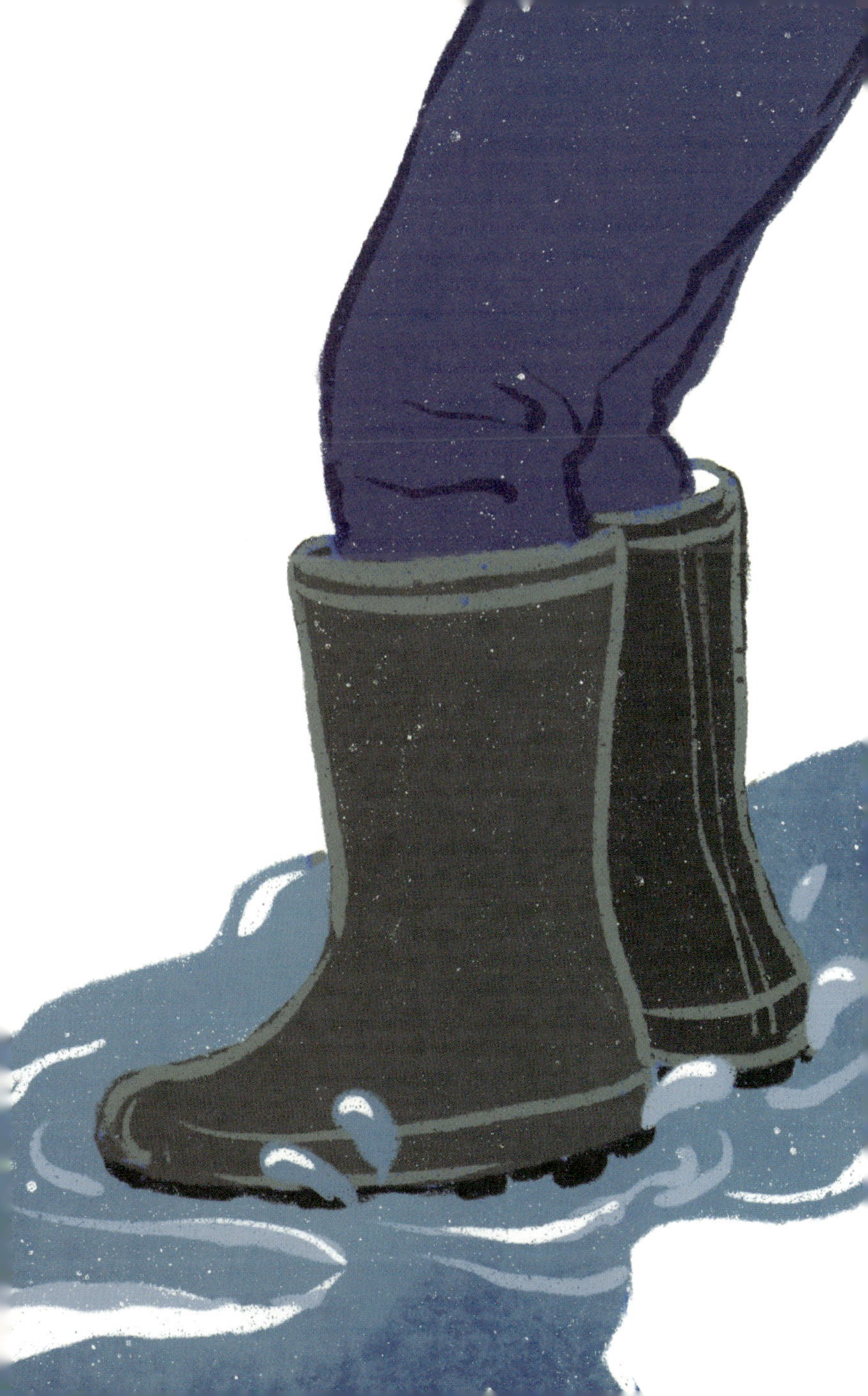

小寒

siau3 ghoe2

小寒是农历一年中的第23个节气,跟其他节气一样,它有自己特有的风俗。在常州,最重视的便是农历十二月初八吃腊八粥和咸饭。

俗话说,"小寒大寒,冷成冰团"。在这个时节,饮食要偏重于暖性食物。所以很多家庭会做上一锅菜饭,放入青菜或者是腊肠、咸肉丁,鲜香可口,也可温肺散寒。

腊八粥的味道我不太记得了,咸饭外婆倒是一年四季都做。咸饭的主料是青菜,外婆说要小寒的青菜,又甜又糯,所以这个时候做的咸饭最香气诱人。而咸饭的灵魂当之无愧是咸肉,一般都是自家腌制的,又香又鲜。一般外婆会把瘦的肉切丁下锅煸炒一番,肥的切片放在铁锅里炸出油来。紧接着用这个油来炒青菜,焖上几分钟,菜略微变软就行了。最后再把大米、肉丁倒入电饭煲里稍做搅拌,加水煮熟。不到一会儿工夫,满屋里都是咸肉香。如果不想青菜变黄,可以等饭和咸肉蒸好了把炒好的青菜拌进去。

咸肉温热,加上青菜的清甜,恰如其分地刺激着食欲,不用搭配其他菜,就能吃上满满一大碗。小寒已至,年味渐浓,请吃着香喷喷的咸饭,开启下一个美好的循环吧!

除夕
dzyu2 ziq8

除夕，常州人称"大年三十夜"。尤是在外的亲人，这天即使在天南海北也务必赶回家，阖家团圆吃年夜饭，守岁过年。除夕除了团圆，还要祭祖和守岁。

旧时的除夕这一天，小孩子们总是最闲的，大人们忙着筹备年货，在厨房备菜，做团子、掸烟尘，从一大早开始便忙碌起来。家家户户忙着烹调各种菜肴，厨房里飘出一阵阵诱人的香味。大街小巷传出噼噼啪啪的爆竹声，小店铺子传出的"劈哩啪啦"的算盘声和抑扬顿挫的报账声，再夹杂着处处的说笑声，过年的气氛十分浓厚。

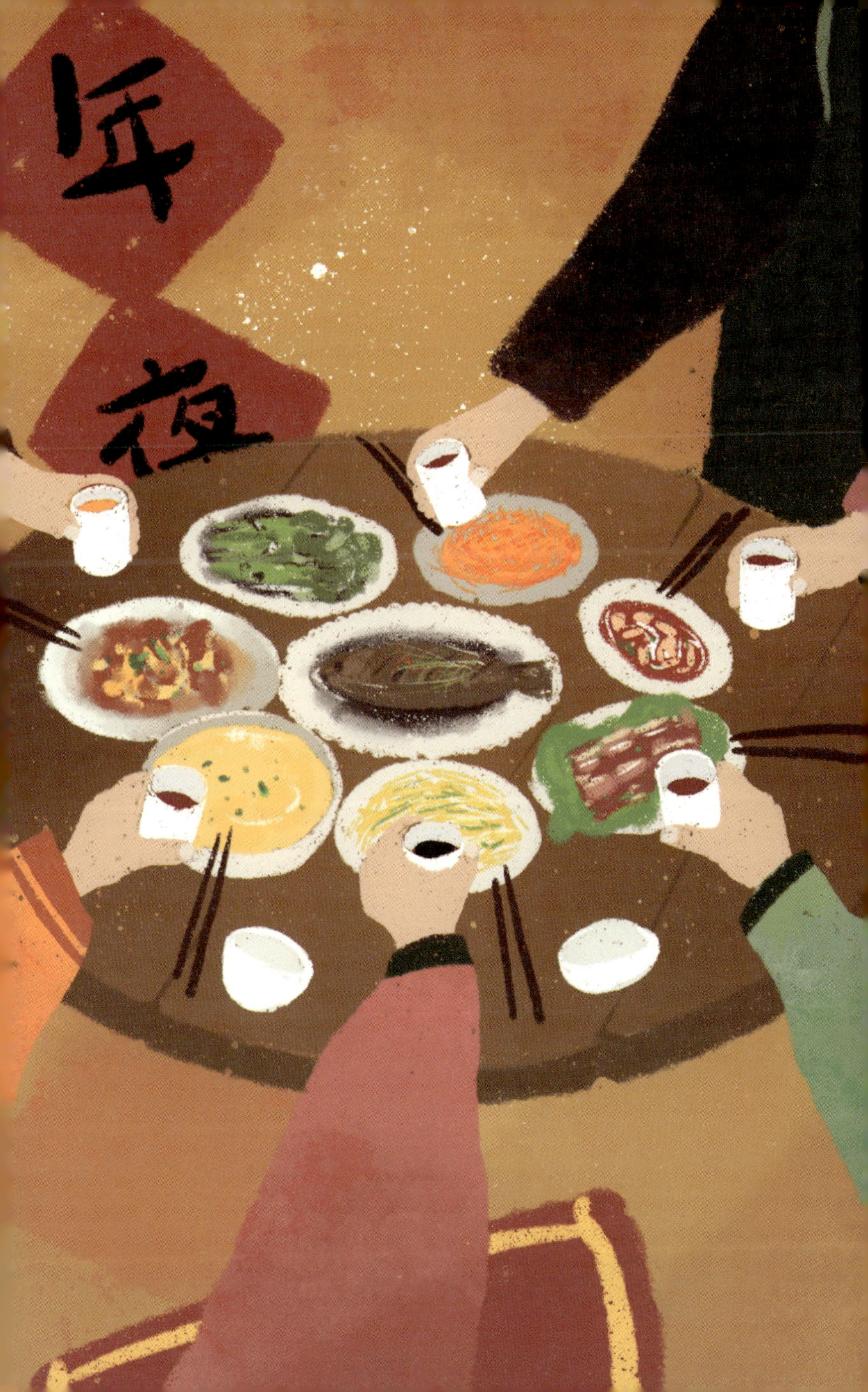
年
夜

如今除夕清晨的时候，家家人家将冬青柏枝（或松枝）插在屋檐下及门框上，取的是松柏长青、万象更新之意。

在天暗前人们会开始贴桃符（春联），在爆竹声中进入了除夕的热闹喜庆氛围。

除夕夜晚，当华灯初上时，就进入了除夕供祖宗的仪式。供完祖宗就是阖家吃年夜饭，俗称团圆饭。年夜饭是一年中最丰盛的一顿团圆饭，一家人欢欢喜喜、团团圆圆围坐一桌，品尝美酒佳肴。此时，不管路途有多远，人们都希望能够回到自己家中，吃上这一顿团圆的年夜饭。人们既是享用满桌丰盛的佳肴，更是享受那份阖家团聚的快乐气氛。整桌菜肴中，有几样必备菜：百叶表示"百年长寿"，红烧鱼表示"富足有余（鱼）""年年有余（鱼）"，肉圆表示"团团圆圆"，豆芽菜表示"称心如意"，粉丝表示"富贵不断头，一年吃到头"。当然，大人们不但要喝"团圆酒"，还要喝"守岁酒"。其实，这天即使不会喝酒的人，也多少喝一点酒，以示庆祝自己和家人进入新年，庆贺每个人又增寿一岁。此外，年夜饭的最后还有一道甜食,一般都是甜饭,祝福往后的日子甜甜蜜蜜。

这顿年夜饭要吃到很晚,可能是因为菜太多。年夜饭吃完后,大家会坐在客厅电视机前开始吃瓜子长生果,全家欢聚在一起守岁、踩岁。当零点一到,全城内外鞭炮声震耳欲聋,真所谓"爆竹一声除旧,桃符万象更新"。小孩子们在爆竹的纸屑中欢快地踩踏称也"踩岁",以祈求来年学业有成,生活兴旺。在这噼噼啪啪的响声中,新的一年又开始了!

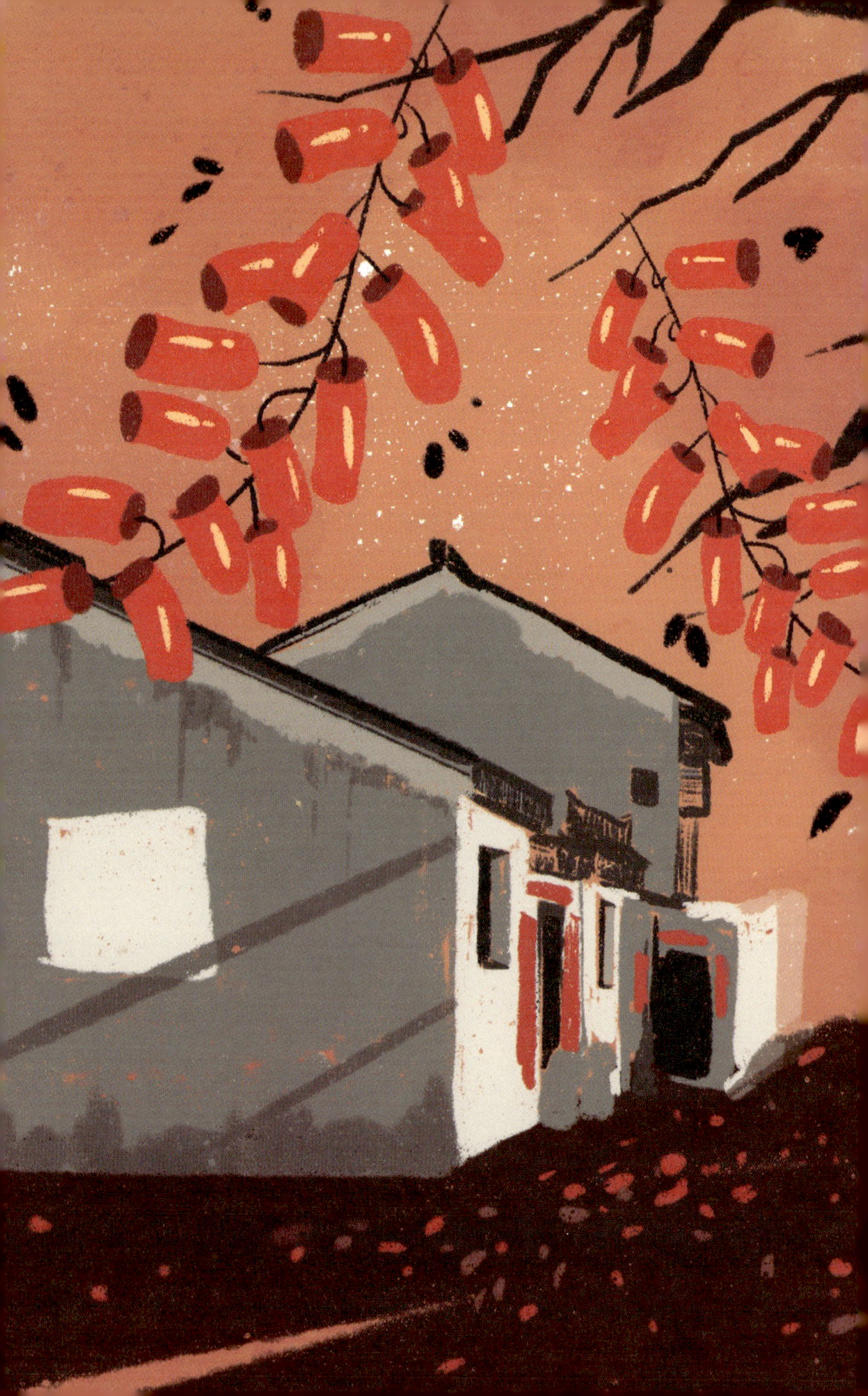

大年初一
da6 gnie2 tshou1 iq7

常州人过春节的习俗是丰富多样的。从年初一至正月十五的十五天，在穿戴、吃喝、走亲、访友、祭祖等风俗上，常武地区各地的形式也不尽相同。

大年初一，通常不出门拜年。人们早早起床，换上新衣新鞋，晚辈要给长辈拜年，说"恭喜发财，红包拿来，祝您身体健康，万事如意"之类的吉祥话。长辈则向儿孙分发压岁钱，表示长辈为晚辈祈福求安。其实很多时候，只需要这样一个简简单单的仪式就足以令家人满足了。

在常州，新年第一天早晨有喝"炒米茶"的习惯，然后以糖圆、馒头、团子或馄饨为早餐。但千万不能喝粥，也不能吃饭，因饭与"烦""犯"同音。而喝粥则代表新年伊始太清苦。也有人家起床前就剥橘子给小孩吃，还要吃橘饼，所谓"岁朝剥橘，万事大吉"。

紧接着就要开大门，燃放爆竹，叫作"开门炮仗"，清除邪恶，除旧迎新。爆竹声后，碎的红纸条遍布地面，称为"满堂红"。按照老的风俗年初一是不能扫地的，否则会把财气扫掉。

按旧时民俗，大年初一那天要提前睡觉，据说是因为晚上是"老鼠嫁女"的时候。不能惊扰老鼠，要让它把女儿嫁出去，今年害人的老鼠就离开家了。其实是人们为了过年，已经忙忙碌碌了很多天，非常辛苦，大年夜又为了守岁，几乎一夜没有睡觉，大年初一这天也该早一点睡觉休息了。

大年初二

dou6 gnie2　tshou1 er6

大年初二之后，左邻右舍就开始互相拜年了："新年大吉，恭喜发财。"每家每户一定都会在台上摆满了桂圆、长生果、红枣、大栗、橘子、糖果、瓜子、糕点等招待前来道贺拜年的客人，意味着"大吉大利"，继而端上一碗鸡蛋索粉汤，有的还外加肉丸，鸡腿等。当然，以前讲究的人家还要沏上"元宝茶"（茶杯中放入三粒青橄榄），增强仪式感。

在中国民间，拜年是人们相互表达美好祝愿的一种方式，俗称"拜年拜到正月半"。走访亲戚，拜访朋友，互致问候。人们见面时满面笑容地抱拳说"恭喜恭喜""恭喜发财""身体健康"等祝贺词,希望亲戚朋友的生活都顺顺利利。现在的人们,平时都要为着生计而忙碌,没有空闲时间相互来往,只有在过年的时候有比较宽余的时间。所以大家都格外珍惜此时此景,当然也有很多人以发短信、打电话的形式取代了春节上门拜年。但在我心里,这永远取代不了面对面的交流,所以赶紧借着过年的时机和你爱的人们相聚吧!

初五
tshou1 ng3

民间传说正月初五是财神的生日，所以过了年初一，常州人最重要的活动就是"抢财神""烧路头"，并在家里吃"路头酒"。尤其是渴望发财的人一定会在这一天安排隆重的接财神仪式。

据说谁家的鞭炮响得最早，这一年就一定会被财神眷顾。为了抢这个"早"，各路商家都要争抢第一路财神，为自己带来开门迎财之喜。有些心急的人干脆在大年初四晚上就放上鞭炮了。一般，初五天色还暗蒙蒙之时，常州城乡便会炮仗声不断。这就是古老的、旨在祈福纳财、招财进宝的抢财神老习俗。并且，

这就是常州话

人们还会在初五当天带上香烛鞭炮争抢进入财神殿上第一柱香，讨个好彩头。

旧时，各家各户还会设祭"烧路头"，也就是"接财神"。一般需要开门放鞭炮，然后在路口摆上八仙桌，供以猪头三牲（猪头、鲤鱼、公鸡）来祭神，上烧酒供奉，烧些元宝纸，上香点烛，迎路头财神。有些商家还会蒸红纸包的云片糕，取步步高（糕）升之意。吃了路头糕，还要喝点路头酒哦。

年初五这天既是开门迎财神的日子，也是各店家新年第一天开门迎客做生意之日，商家们在锣鼓、爆竹声中边"抢财神"边开门，以求大发利市。除此之外，这也是老板决定伙计留走的重要时刻。正常情况下，老板中午会请所有人吃"路头酒"和"如意菜"。一般就是黄豆芽加百叶丝、油生麸等菜讨彩头。但是，如果你收到了老板送来的鸡大腿，别顾着开心，他其实是在暗示你吃完饭后卷铺盖走人，因为鸡"腿"已"退"。如今，抢财神、烧路头的习俗没有那么常见了，一般居民既不"抢"不"烧"了，只有部分经商者传承下来了这个习俗。

讨口彩
thau3 khei3 tsnai3

常州人过年的时候非常注意"讨个好彩头",简称"讨口彩",来寄托人们对新的一年的美好心愿和期盼。

比如,大年夜吃年夜饭的时候,几乎每家每户的饭桌上都会有萝卜,因为萝卜的别名"菜头"与"彩头"谐音,炸鱼也是必备,鱼谐音"余",取"年年有余"的好兆头。男女老少则都要尝一口酒,以取"满堂红",为"全家福"之意;还要吃热气腾腾的馒头、年糕,因为"馒"和"满"、"糕"和"高"谐音,取其"圆满""高升"之意。同时,饭桌上一定会有不切断的菜,

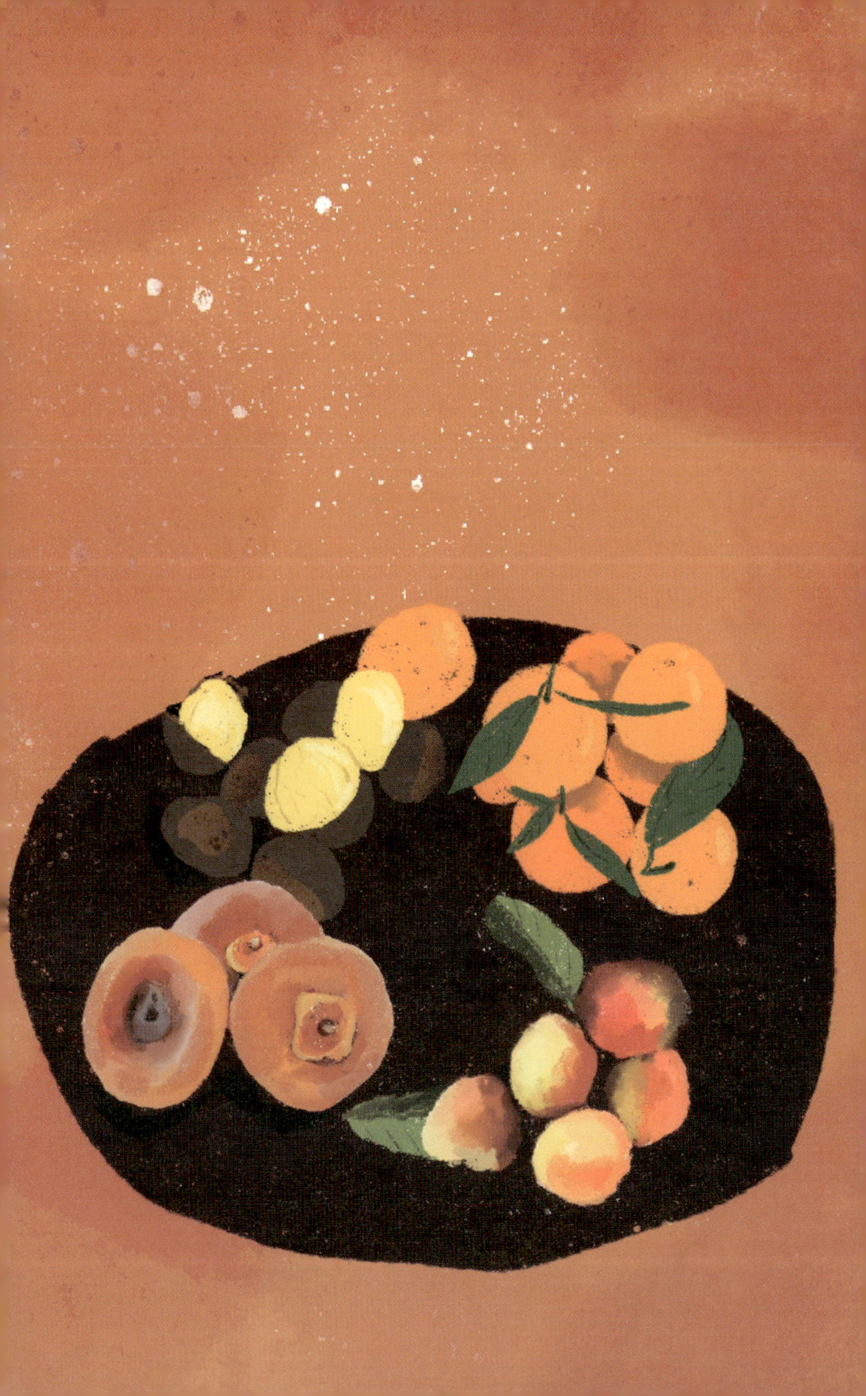

如索粉、发菜，等等，称"长命富贵""富贵勿断头"。

到了大年初一的凌晨，家家户户要做的第一件事就是争先恐后放"开门炮"，放鞭炮就叫"放高升"，取步步高升之意。就这样，全城在一片爆竹声中，送旧迎新。到了起床前还要剥橘子吃，说是"剥橘剥橘，万事大吉"。橘子称"福橘"，含如意吉祥的意思。当天，家人会围坐在一起吃大栗、橘子、荔枝、柿饼，以取"大吉利市"，就连茶碗里也会泡青果（橄榄），也称"元宝茶"。

除此之外，常州人还特别喜欢说话图吉利，凡是"恭喜发财，健康长寿，心想事成"之类的吉祥语，只要一见到亲朋好友就会说，不怕重复。过节讨口彩，既是民间风俗，又是心理慰藉，双方能增进感情，互相鼓励。现在，常州人过年依旧保持这些习俗，其实，我们更多的是坚守着传统的年味。

元宵节

yoe2 siau1 tsiq7

正月十五为元宵节,又叫"正月半"。

早晨起来,有的人家会吃米粉做的汤圆(小粒无馅心的汤圆),被称为"小元宵";有的人家会吃有馅的汤圆,这种被称为"大元宵"。我最常吃到的就是大元宵,一般有豆沙、芝麻、菜肉、油酥等馅心,元宵的中午饭准备得丰盛无比,不比除夕差。因为许多人家吃完团圆饭后又要各奔东西,要到来年再聚团圆,十分珍惜。晚上一般家家户户都吃米粉汤团,当然还有团子馒头各式糕点,早早吃完团圆饭就上街观灯。

元宵节的夜晚是最热闹的,人们从四面八方涌向

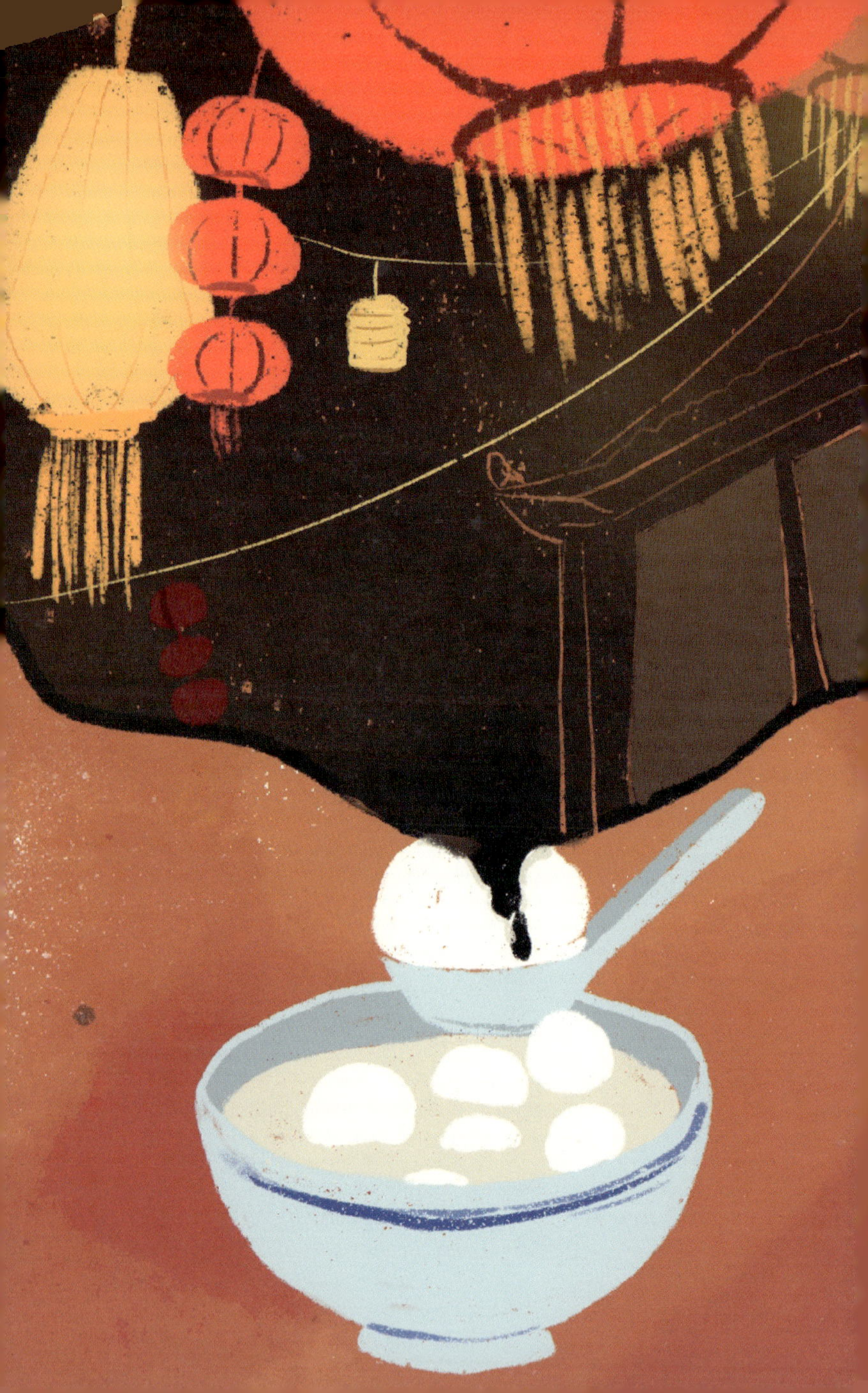

了庙弄还有各地的城隍庙。此时里里外外,街头巷尾都挂满了各式各样的花灯。沿街望去,灯火犹如白昼,孩子们手提各种花灯,如兔子灯、西瓜灯、荷花灯,等等,在街上玩得不亦乐乎。人们不但手提花灯,还手敲锣鼓,边行边敲,俗称"浪街元宵"。最令我感到神奇的是观灯的队伍自发形成,不需要任何人组织。要是幸运的话,还会遇到舞龙、舞狮子的游行队伍,夜间的龙头、眼睛、肚里都亮灯点烛,一边飞舞一边闪动,煞是好看。

元宵赏灯以燃放烟火为高潮,空中"花团锦簇",五彩缤纷,美不胜收!而灯会上的人们,一直要到子夜时分才会渐渐散去。

第四章 · 童年的游戏

Chapter

4

童年的游戏

在手机、电脑还没有的年代,在这些电子游戏还未粉墨登场的时代,是那些老游戏陪伴了一代又一代的常州人度过了一段又一段天真烂漫的童年时光。快来看看,你们的童年在这里!

搭洋片
taq7 yan2 phie5

搭洋片，俗称"搭牌片"。大家一般会选用小人片或者将用完的香烟壳、旧报纸折成厚厚的一块。那时候香烟里的画片可谓是早期的儿童读物，有"水浒""三国"和《封神演义》中的人物，很多小朋友还会专门收集这些"洋片"，攒成全套，骄傲地带到学校去给同学们展示，尤其是那几张稀少的画片，特别引人注目，也特别值钱。

搭洋片的玩法分为两种："空手"和"持片"。"空手"的赢家需要用空心掌把对方卡片拍翻身，并且可以得到这张牌。这种玩法非常考验掌力，有的时候因

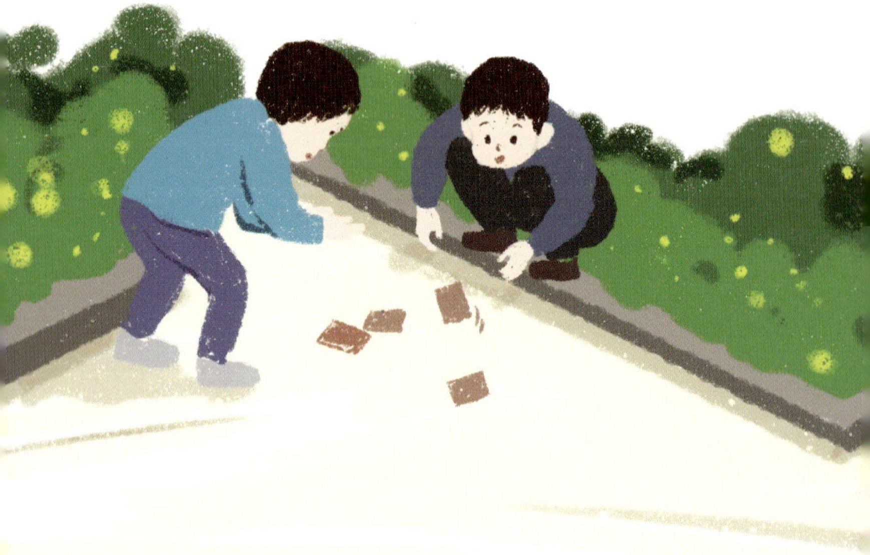

为拍久了手掌会变得通红，但是为了最终的胜利忍着痛也要坚持下去。"持片"指的是在搭下自己洋片的瞬间将对方卡片砸翻过来为赢，此玩法则考验玩家对"地形地势"的观察程度。

悦耳的下课铃声一响，总是能听到洋片往空地上搭的清脆声音和孩子们玩耍时的笑声交错回荡在空中，真的是不亦乐乎啊！

掩蒙蒙
ie3 mon2 mon2

"掩蒙蒙"又称捉迷藏（掩字有隐藏、遮盖、掩饰起来的含义）。小伙伴们需要找一个环境稍微复杂的地方，不需要任何器械设备，随时随地可以玩。游戏的规则是：小朋友们选择一个人（称作"大侠"）闭眼背靠大家数数后找寻他人并将其抓获。被选人需要闭上双眼、背靠大家，数三十秒。这个时候，其他的小朋友们就会仓皇逃跑，各自去寻找最佳的隐藏地点。三十秒过后，"大侠"会礼貌地问一声："大家都藏好了吗？"（当然，没有小朋友会回答）。这时，"大侠"就开始竖起耳朵，小心翼翼地行动了。有时

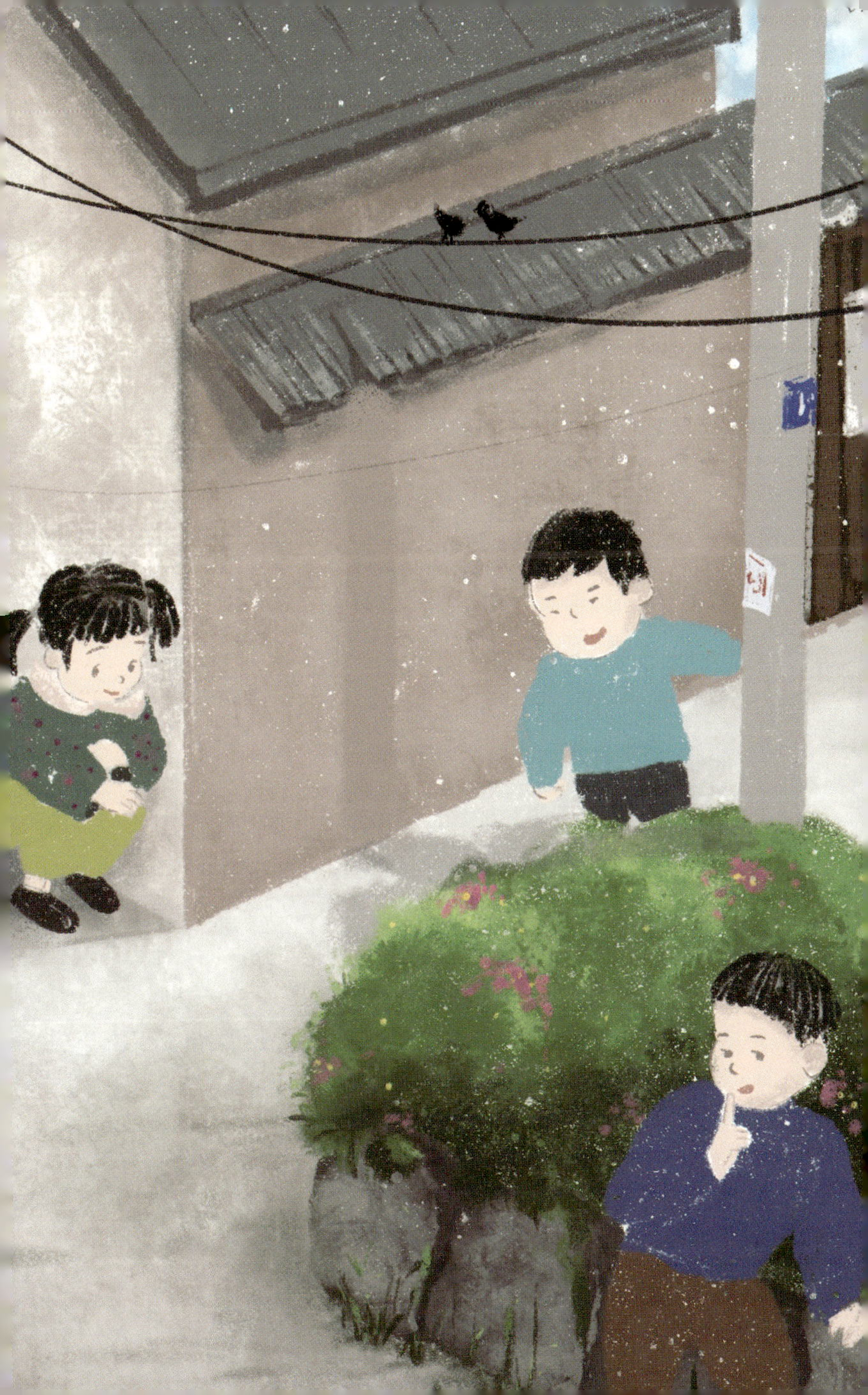

"大侠"会故意用手或脚一甩、一蹬，制造好像发现目标的假象，希望躲藏的人受惊后发出点响声，好让他循声抓人；有时"大侠"找了一圈还是一无所获，有经验的老手就会故意大声地说道："还在那躲着呢，衣服都露在外面了，赶紧出来吧！"一般年龄小的孩子就会中计，自觉地跑出来投降。

"摸死蟹"是捉迷藏的另外一种版本。规则和"掩蒙蒙"基本一致，区别在于小朋友们随意选出的那个人，需要用布巾蒙住自己的双眼，然后在一个有限的空间里抓获其他人。剩下的孩子们需要在周围躲藏，大声喊出他的名字。一般这个时候，总会有几个人起哄，到处虚张声势，使他辨别不出各种声音的方向。又或者这些人顿时安静下来，留下空寂的空间与蒙眼者作伴。最后，如果蒙眼者成功抓住了其中一个人，必须通过触摸对方的肢体（被触摸者须忍住不出声），准确报出其姓名，这才算赢了。这就要求小朋友们之间对彼此非常熟悉了解，比如其身高、发型、头型、手型，以及当天穿的衣物材质等等，这样才会在游戏中占有优势。虽然游戏规则非常简单，但是小朋友们会发明出自己的战术,避免被抓。这种你抓我躲的游戏不仅乐趣多多,还增强了彼此之间的了解和友谊。

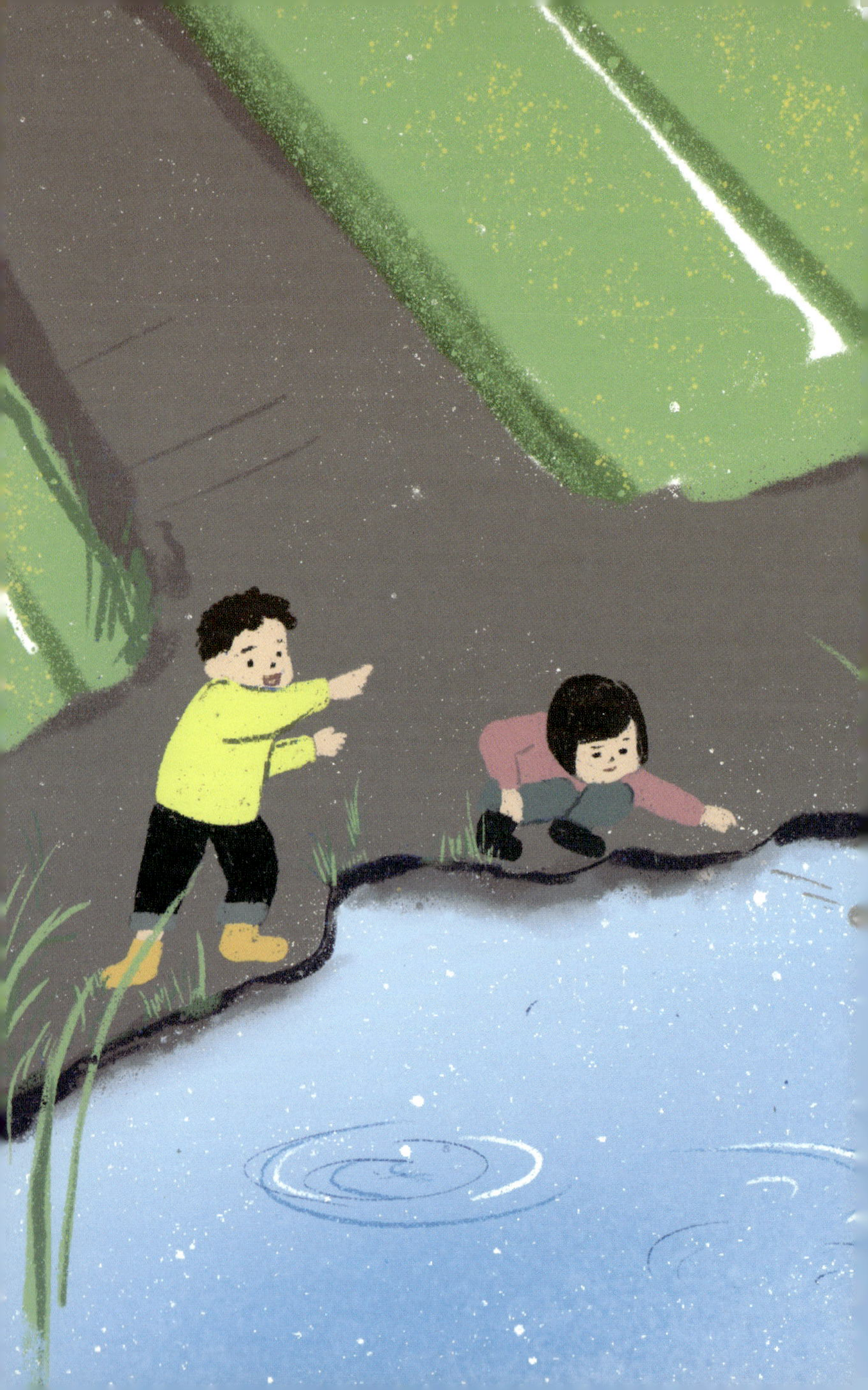

削水片

siaq7 suai3 phie5

　　削水片是一种原始却对技巧要求很高的游戏。在有河流、池塘的地方便可进行，充满了江南的地域特色，像北方就很少有这些与河水相关的娱乐活动。

　　道具是江南特有的瓦片，游戏规则也比较简单，比谁削出去的瓦片在河面跳跃的次数更多，能在水中形成更多道涟漪。一般是几个孩子在河边聚集，游戏开始之前先分头在河边寻找残缺的瓦片，放到自己选定的位置前。比赛开始，大家依次用自己捡来的残瓦向水中削去，同时得记住瓦片在河面跳跃的次数。削水片十分讲究技术，除了力量要大（这样瓦片抛出去的初始速度就越大），投掷的角度也很有讲究。比如，一般我们会用大拇指和中指夹住瓦片，食指勾在一端，侧身蹲下，紧贴着水面用力将瓦片水平旋转着抛出去，看它在水上跳跃。而选瓦片也是有讲究的，最好选择扁扁的、圆形的，当然也可选中间有弧度的瓦片，但切记不能太重。有的小朋友第一次尝试的时候，使出了全身的力气，却只削出了一个水花，瓦片随之沉到河底，没有任何跳跃。而有些小朋友削出的瓦片却能在水面上跳跃式地向前飞行，犹如鱼儿一般。最厉害的人一次可以在水面上削出十几跳。第一片，第二片，第三片……一连串蹦跳的残瓦从平静的河面上削出去，随着一阵"嗒嗒嗒"的声音，欢呼声阵阵响起，原先平静的河面顿时热闹起来！

套圈圈
thau5 chioe1 chioe1

在集市的街头时常会见到一些套圈圈的摊位。那些套圈圈佬在地上摆上一些孩子们喜欢的玩偶、糖果和文具，让大人或孩子自己花几块钱买几个套圈套他摆放的物件，套中哪件，哪件物品就归谁。运气好的时候能套中喜欢的，不好的时候就只能空手而归了。这种游戏当年也是人满为患，孩子们需要踮脚挤进去玩。随着时光的流逝，时代的变化，现如今通货膨胀，套圈圈的费用变得高得离谱，只是玩具和文具的质量还是跟以前差不多，令人唏嘘！不过大家还是会为此买单，以此来怀念自己逝去的欢乐童年。

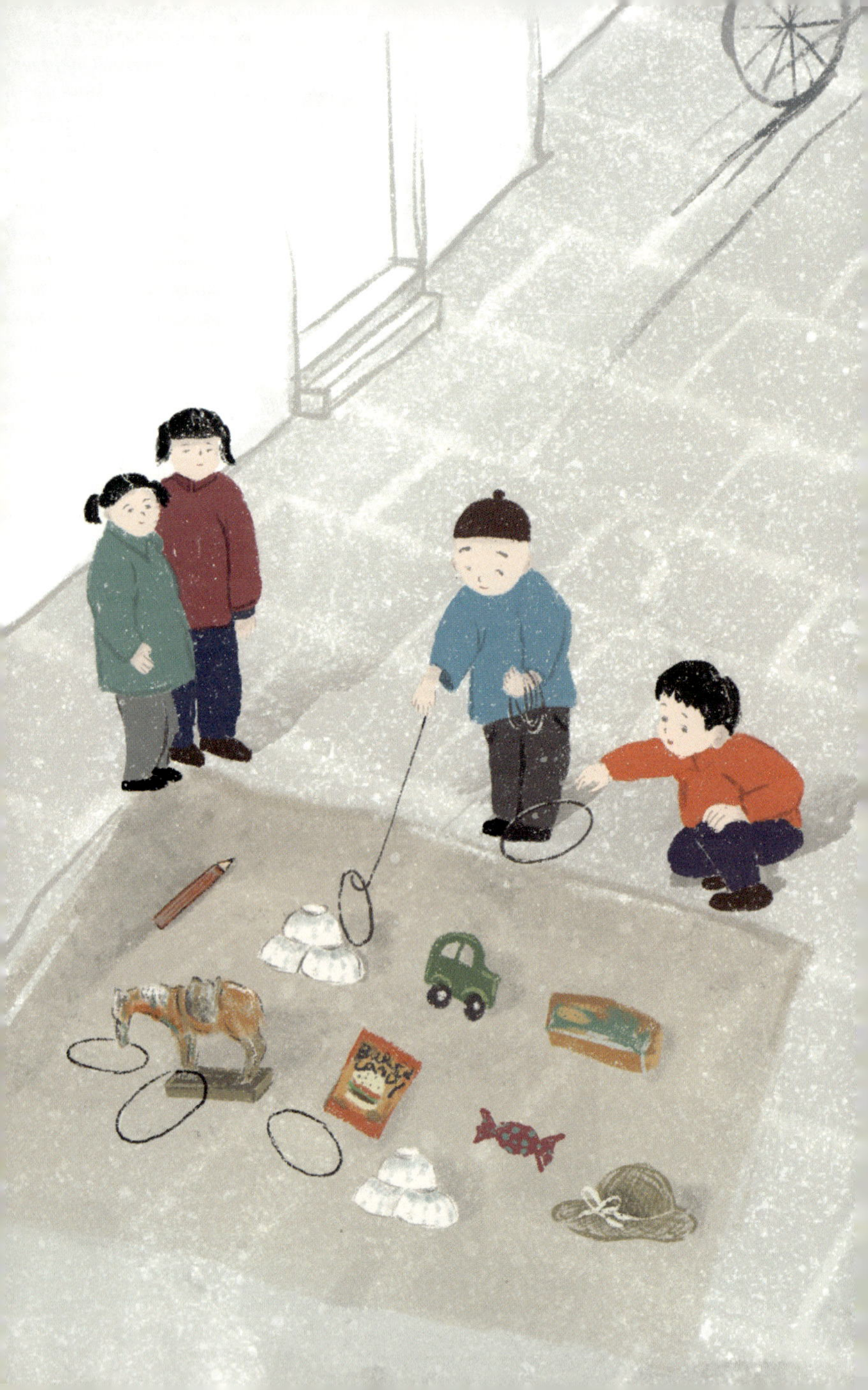

其实套圈圈的本质也是一种博弈，因为套中的概率太低，干这一行的套圈圈佬才愿意每天上街摆摊，守株待兔地等着收钱，而孩子们可能也正是喜欢这种不确定性，每次路过时都"心痒痒"想要尝试一下，万一就成功了呢？

斗田鸡
tei5 die2 ci1

在常州，"田鸡"就是青蛙。斗田鸡有两种模式：一种是"运动版"的斗田鸡。这种模式在高中阶段的男生中流行，是课间和放学后常见的集体对抗式游戏之一。为了游戏的公平，孩子们一般会以个子大小，相对平均地分为两个阵营，采取一对一的模式。大家一腿立地、一腿由两手端起呈金鸡独立状。裁判一声令下，双方单腿蹬地向前用膝盖撞击对方，使对方站立不稳而双腿着地，着地者或倒地者为输家。此种游戏有一定的危险性，但孩子们却乐此不疲，它是力量的博弈也是用力技巧的博弈。

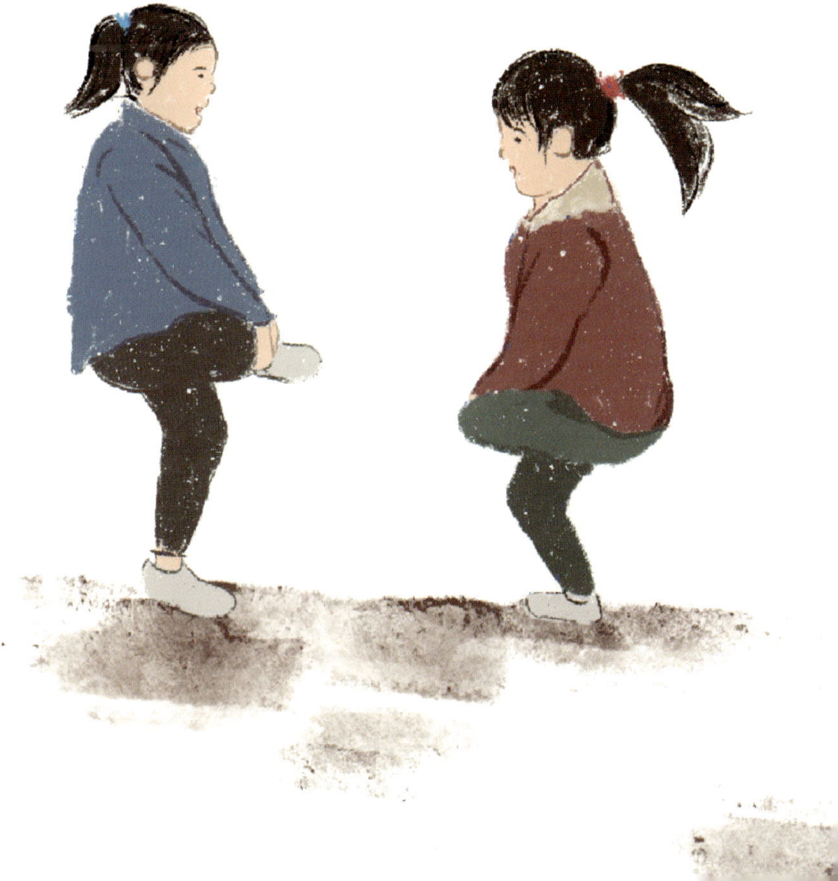

另外一种玩法适合低年级的孩子，更多考验肺活量而不是体力。先用一张练习簿大小的纸折出田鸡的形状，然后两个小朋友面对面坐在桌子旁，将自己折好的田鸡平放在桌面上，贴着桌子，用力吹自己田鸡的后背，使之在桌面上跳跃前行，两只"田鸡"在接触碰撞中，看谁能掀翻对方，不翻的就是胜者。如果因用力过猛吹落到地面而翻身，则不算输赢，要捡起田鸡重新开始。回合不分多少，直到把对方的田鸡顶翻在斗台上为止，输方的田鸡随即成为"俘虏"。这个玩法有效结合了手工制作和游戏的趣味性，让孩子们自己动手做玩具自娱自乐。

打弹子
tan3 dae6 tsy3

很久以前，孩子们常玩的游戏之一就是打弹子，也称打弹珠，两人以上就可以玩。每个孩子的口袋里、书包里总少不了几个花花绿绿的小小玻璃球，有白弹子、花弹子、小弹子，各种各样的弹子串起了孩子们缤纷多彩的童年。

开打之前讲好玩法和规则，玩法有好几种。弹子的拿法基本是将食指和拇指弯曲，拇指朝里，食指在外，弹子搁在拇指的侧面上，食指则形成一道小堤挡住弹子防止滚落。瞄准目标以后，拇指用力一弹。瞄目标时大多是睁一只眼，闭一只眼，类似于打靶。

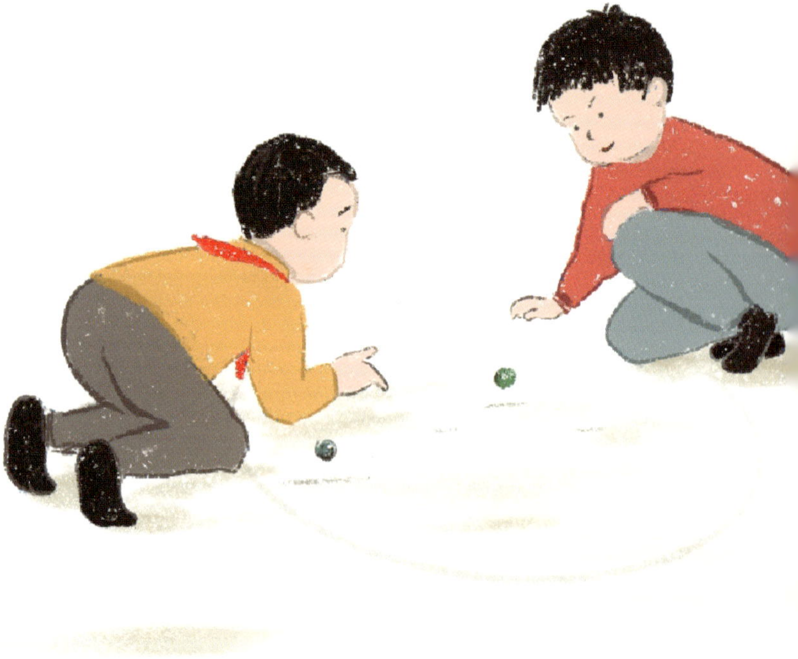

击打的姿势也各异,有蹲着的,有趴在地上的,也有站着的。一般花弹子要跟花弹子对打,而弹子要磨一磨更容易赢,还有很多决胜秘诀……还有一种玩法是在同一距离中,将弹子弹进事先挖好的泥坑里,谁能弹进谁就是赢家。总之,打弹珠的玩法种类繁多,让孩子们乐在其中,流连忘返。

第五章・人物

Chapter

5

供老师
kons lau3 sy1

先生，是旧时对老师的尊称，而所谓的"供先生"，就是学生家长给老师供饭吃。旧时，老师在校没有专配厨师做饭，而他们家也离学校很远，一般不在本地。所以，为使老师心无旁骛地专心教学，一日三餐就只能由家长轮流送饭。那个年代，尤其是农村地区，家庭经济条件一般较差，所以拿不出像样的菜来招待老师，轮到供先生那天，早饭无非就是白粥配萝卜干、腐乳等小菜，外加煎饼、菜团子、棕子等时令点心；中饭稍微讲究一点，荤有鱼、清蒸咸肉或炖鸡蛋等，素菜炒上一碗自己种的蔬菜，加上豆腐、百叶等；晚

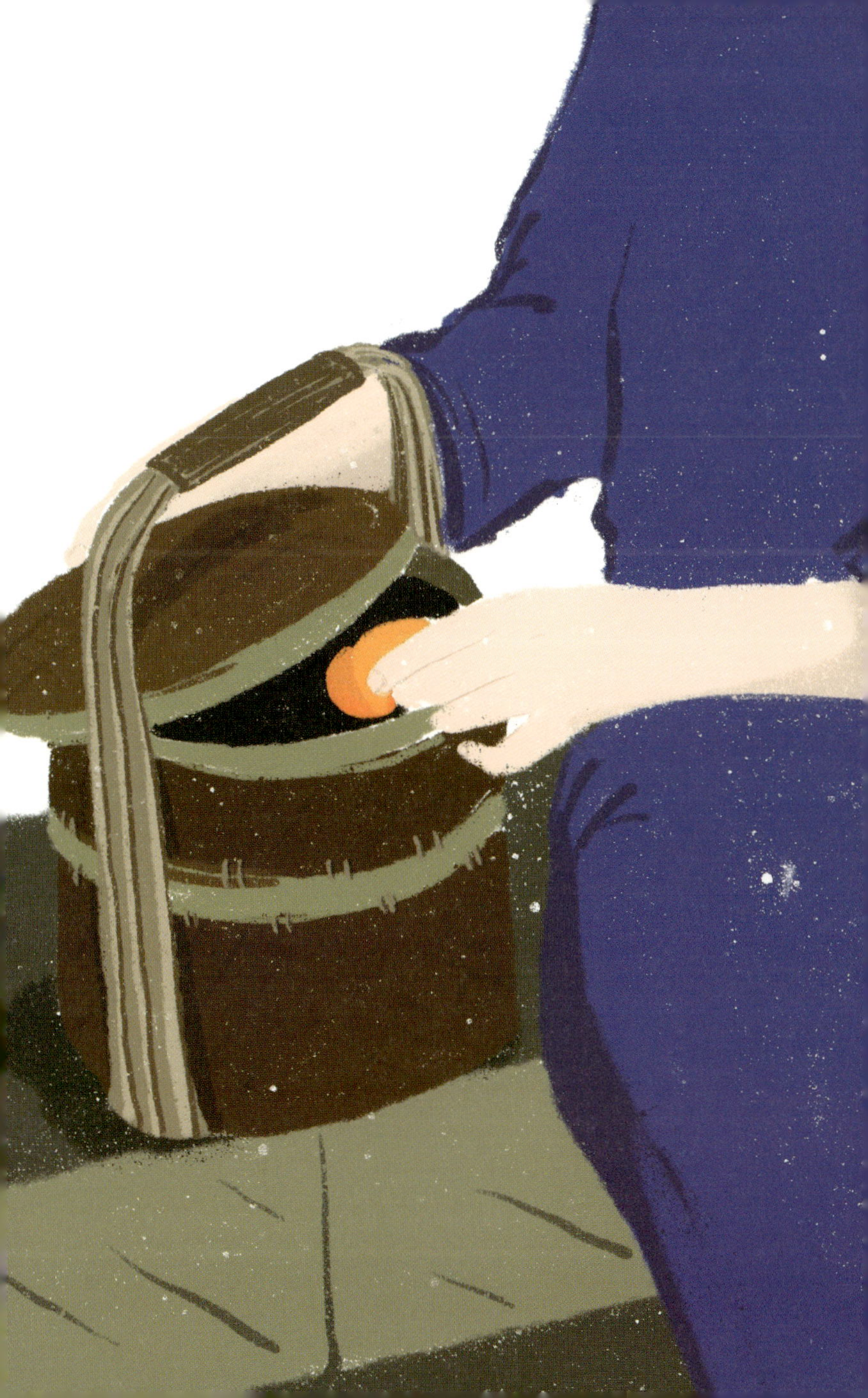

饭一般就是热一热午饭的剩菜，重新"摆盘"。若请老师到家里做客，学生家长会比平时多做些饭菜，尽管那个年代大家都比较困难，但是只要轮到供先生了，宁可自己省吃俭用，也会提前做好准备，多买一点菜隆重迎接先生的到来。而老师呢，也很识趣，一般只吃个半饱，所有的菜都不能碗底向天，以表示谦逊。据说，每家每户在先生来和走后的几天内是没有好菜吃的，只能吃点薄粥、咸粥之类的，这突出了旧时人们对这个民俗的重视程度和对老师的尊重敬仰。家长们拼尽了全力使老师们集中精力教育孩子，也是不容易啊！

大小娘、新娘子与小娘子

小丫头，女小佬：普通话中的小姑娘、小女孩的意思，指年龄幼小的女子。

大小娘：到了待嫁年龄，又没有出嫁的女子，其生理已经基本成熟。这就是我们现在通常说的少女时期。

新媳妇，新娘子：刚嫁人的女子，新娘。

这就是常州话

小官人、新官人与老官人

"官人"是对一般成人男子的尊称。

小官人：年轻的未婚男子。在正规场合使用，有赞许之意。被称为小官人的青年会感觉到十分荣幸，因为只有长相英俊、知书达礼、充满活力、前途光明的男青年才能享受这种殊荣。

新官人，新郎官：即将要结婚、刚结婚的男子，新郎。这时的男人是最得意最风光的，被大家簇拥着真有一种官的感觉，喊什么"官"都觉得不过分。按照常州地方的风俗，新婚的男人会带着这个称呼行婚礼、拜岳丈、走亲眷等，有时这个称呼会存续较长时间，有可能结婚前后的一年左右，都会被人称为新官人。

老官人：结婚之后的男人。

新妇
sin6 vu6

常州方言中的"新妇",是指儿子的老婆,是长辈喊晚辈时用的。

弄新妇:父母为儿子寻找对象,张罗婚事。

讨新妇:父母张罗儿子的婚事,把"新妇"娶回家。

户头
wu6 dei2

现在人们听到"户头"一词，可能以为它指的是户口本上的户主。在旧时的常州，"户"指的是一扇小门，而"户头"是对一家之主的尊称。人们常说的"暗户头"指的是那种不张扬、不露富，却暗自努力，实际很有实力的人。

随着经济的发展，"户头"已经成为对普通人（一般多指男性）的称呼。比如，我们习惯把"家伙"说成"户头"，这里面还带有着一丝轻蔑的意味。

常州方言中还有其他形容人性格脾气的"头"，比如"书读头"是指书呆子，或做事一板一眼，不精

这就是常州话

明的的人；而"犟头"是指脾气固执，整天"撒憋气"不通人情的人，当然，它也指做事有顽强意志，一干到底的人；"猪头码子"是指当别人嫌弃的眼神已经很明显了，你还厚着脸皮缠住不放，三番五次与人纠缠，讨人嫌；"肉头"是指做事不干脆利落，不果断，前怕狼后怕虎的人。

亲属称谓
tshin 1 zoq 8 tshen 1 wai 6

"亲娘"：讲个好玩的小故事，一个常州人在北方人家做客，他说："我要给我奶奶打个电话啊。"结果电话一接通，他却喊："亲娘啊！"在常州，"亲娘"不是亲生的妈妈，是奶奶。

舅公：外公。

在常州，长辈往往用小辈的称呼来称呼他人，用这种方法表示对他人的一种尊重，这反映了常州民风的淳朴。奶奶以小孙子的辈分称呼人，外婆以小外孙的辈分称呼人，妈妈以儿子的辈分称呼人。

阿婆：在常州，把丈夫的母亲称"阿婆"，"阿婆"把儿子的妻子叫"新媳妇"。

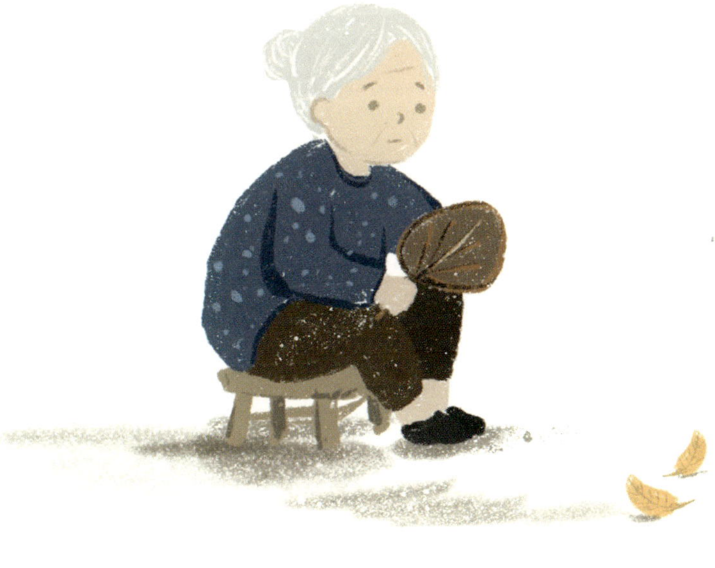

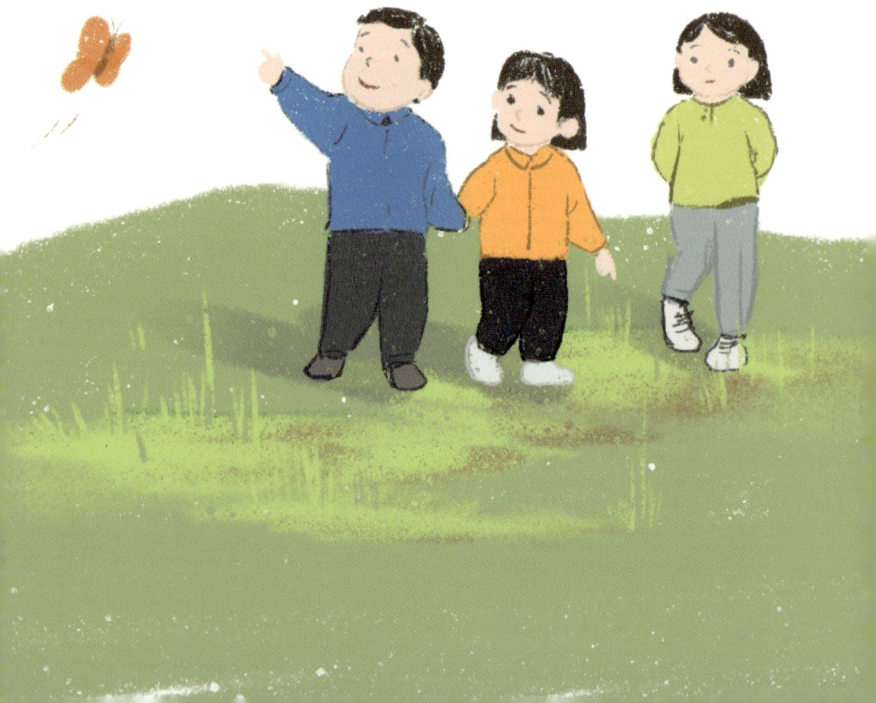

小孩的称谓

普通话中的"小孩",简单明了,就是指幼童或少年,以性别也可以分为女小孩或男小孩。但在常州方言中就较为复杂和繁琐了。

小佬:小孩。

男小佬:男孩。

佬小:男小佬的别称。

佬小家:男孩、男青年。

大小佬:大孩子、少年。

细小佬:幼童、小的孩子。"细"在常州方言中除解释为"不粗"外,还可以理解为"小"。

小丫头、细丫头、女小佬：小女孩。年龄幼小的女子。

丫头：女孩。以上的"丫"都读"喔"音。

大丫头：少女或大姑娘。对自己的女儿（姐妹俩），大的叫大丫头。

第六章 · 吴语古字

Chapter

6

吴语古字

wu2 yu3 ku3 zy6

  生活在常州的朋友们可能会觉得常州话中很多词有音无字。事实上，吴语保留了很多古字，我们能从许多古汉语典籍中找到依据，或者找到汉字的"正字"。而这些字词在普通话中可能已经不再使用或较少使用，因此使用者反倒产生了"只在此山中，云深不知处"之感，殊不知自己口中的语言可以对应汉字。其实，汉字并非只为普通话服务。由张爱玲翻译的经典小说《海上花列传》就是用吴语写的，也是中国第一部方言小说。

  了解吴语正字是打破大多数人对于"吴语有音无

字"之刻板印象的有效方法，也是推进吴语现代化的必然途径。接下来，让我们一起学习几个你可能只会说却不会写的字吧！

园

园是古汉语，在常州方言中读 kàng 音，是"藏"的意思。普通话中用"藏"的地方常州话中几乎都用"园"。"亢"意为"管子"，"口"即"围"，引申义为"封闭"。"口"与"亢"联合起来表示"封闭管子"，就是隐藏物件的意思。

园是不公开的秘密行为。比如把钞票放在口袋里"园园好"，不要给别人看见；或者长辈偷偷给晚辈们糖，要"园好哉"，不能给父母看到；而夫妻之间藏私房钱的行为被常州人称为"园私房钱"。

例：老舅婆畀（给，被）你个糖么要园好则，畀老娘看见则么又要挨讨骂哩！（老外婆给你的糖么要藏好了，给妈妈看见了么又要挨骂了）。

第六章 吴语古字

勥念四声fiào，是勿要的合音字，表"勿要"之意，音为"弗要"的合音。读得慢一点就是两个字，读快了就成了一个字"勥"。勥用来表示否定，相当于汉语普通话"不"的意思。"弗要"用吴语拼音注音为"fehiau"（vehiau），连读之后变成"fiau"（viau）。

当别人表示客气的时候，你可以说"勥客气"。

在街上遇到别人吵架的时候，你可以说"勥面孔"（不要脸）。

当别人表示歉意的时候，你可以说"勥紧勥紧"。

商场打折了，导购可以说"勥错过！"。

一个和勿很像的字是𠀾（feng），是"勿（不）曾"的合音字，代表未曾、没有过的意思。

例：1."你个话夯头做嗲啊，𠀾来烦我色，我又𠀾惹着你，你囊外一天到夜寻说三话个？"（你个话痨干什么呀，别来烦我呀，我又没惹到你，你为啥一天到晚没话找话的？）

2.你𠀾看见吗？（你不曾看见吗？）

晏

读音：yàn。

释义：晚，迟到。

例：1. 快点色，再晏几分钟就要迟到咧！（快点啊，再晚几分钟就要迟到了！）

2. 困晏觉。（睡懒觉。）

偓

发音：yì。

释义：比较；用肢体比较事物大小。

例：介两个细小佬嗲宁高啊？来偓偓看呢。（这两个小孩谁更高啊？来比比看呢。）

隑

发音：gǎi。

释义：站，靠。

例：1.上个课么困觉，你搭我去隑勒壁角落头!（上课么睡觉，你给我去站在角落里！）

2.吃力么就去隑勒沙发上眯一歇。（累了么就靠在沙发上眯一会儿。）

搭

发音：nìo。

释义：揉，搓。

例：1. 马上七月半（中元节）哩，要做团子哩，你帮我去搭一搭面粉好伐？

2. 衣裳浸勒头好新多辰光哩，我过去搭一搭。（衣服浸在那里好长时间了，我过去搓一搓。）

3. 肚子疼的话，搭搭就否痛咧！

揿

发音：qìn。

释义：用手按或者压。

例：拔完盐水么要揿好则，勿松色！

（挂盐水拔完针要按好，不要松开呀！）

澿

发音：yìn。

释义：冷；凉爽（发冷性）。

澿凉飕飕：凉爽。

天气转凉的时候，可以说："天开始澿起来了，要多穿点衣服啊。"

当然，还有一种澿就是父母觉得你澿，可能所有人小时候都有一段被父母逼着穿秋裤的经历吧："外头那么澿，多穿点。"夏天的时候，大家都喜欢睡在凉席上，因为凉席"澿笃笃"的，而绿豆汤喝下去是"澿落落"的。

例：1. 天瀴倒则，我要家勒屋去咧。(这天好冷啊，我要回屋了。)

2. 空调间勒蛮瀴凉个。（空调房间里凉飕飕的。）

潽

发音：pū。

释义：液体沸腾溢出。

比如，烧汤的时候如果溢出来，奶奶就会怒吼道："没人看着煤气灶啊，汤都潽出来了。"

例：哦呦喂嘞，灶间头个粥马上要潽出来咧！（啊呀，厨房里的粥马上要溢出来了！）

擐

发音：huàn。

释义：扔，丢。

例：介个牛奶坏落个咧，擐落则吧。

（这个牛奶坏掉了，扔了吧。）

荪

读音：nì。

释义：受潮而变得不脆。

"荪"字常指受潮的饼干，很多时候，饼干吃完后忘了拿夹子将袋子封起来，就变得特别荪，不脆了。

畀

读音：bē。

释义：赠给，给予。

例：他送畀我一块表。

挜

读音：yà。

释义：有强制给予，塞给别人的意思。

例：新年上姨婆挜畀我阿赛包，客气到则！（新年里姨婆硬要塞给我压岁包，太客气了！）

滗

发音：bì。

释义：挡住渣滓或泡着的东西，把液体倒出。

例：阿囡（长辈叫孙女性晚辈女时的亲切称呼），面泡好则，你就够开去拿水滗拉则啊。（宝贝，面泡好了，你就过去把汤水倒出来。）

饫

发音：yù。

释义：喂。

例：小宝贝可能要饫吃饭。

第七章 · 常州童谣

Chapter

7

《虫虫飞》
dzon2 dzon2 fi1

斗斗虫,

虫虫飞,

飞到高高山上吃炒米。

《摇啊摇》
yau2 a1 yau2

摇啊摇,

摇啊摇,

摇到外婆桥。

外婆叫我好宝宝,

一块馒头一块糕,

吃好就要跑。

《冬瓜皮》
ton1 ko1 bi2

冬瓜皮,

西瓜皮,

丫头家赤膊弗要面皮。

《东边牛来咧》
ton1 pie1 gniou2 lai2 liq8

东边牛来咧，西边马来咧，

隔壁张家大姐家来咧，

戴个嗲花，戴个草花，

牛郎踏杀老鸦，老鸦告状，告着和尚；

和尚念经，念着观音；

观音射箭，射着河线；

河线唱歌，唱着阿哥；

阿哥吊水，吊着小猪；

小猪扒灰，扒着乌龟；

乌龟放屁，弹穿河底；

买块牛皮，补补河底；

河里做戏，岸上看戏。

《波到桥跟头》
pou1 dei2 jiau2　ken1 tau5

从前头,

一个老老头,

波到桥跟头,

"叭啦嗒"一个大跟头,

拾着一个肉馒头,

一掰开来还是两个细丫头。

《炒豆子》
tshau3 dei6 tsy3

炒黄豆,

炒蚕豆,

噼里啪啦翻跟头。

《花儿笑》
ho1 gni6 shiau5

天上星星一颗颗，

地上花儿一朵朵，

星星眨眼花儿笑，

笑得花儿弯下腰。

《九九歌》
ciou3 ciou3 kou1

头九二九相逢出手,

三九四九冻得嗦嗦抖,

五九四十五穷汉街上舞,

六九五十四蚊蝇叫吱吱,

七九六十三行人着衣单,

八九七十二赤脚踩淖泥,

九九八十一花开添绿叶。

《荷花荷花几月开》

荷花荷花几月开？正月不开二月开。

荷花荷花几月开？二月不开三月开。

荷花荷花几月开？三月弗开四月开。

荷花荷花几月开？四月弗开五月开。

荷花荷花几月开？五月弗开六月开。

荷花荷花几月开？六月不开永远覅再开。

第八章 · 常州话测试

Chapter

8

常州话测试

你好,饭喫过分?(你好,饭吃过了吗?)

下半天到囊海起白相?(下午到哪里去玩?)

上半天偶到学堂了去寻你咯。(上午我到学校里去找你的。)

你古全是一个单位个拨?(你们都是一个单位的吧?)

嗲辰光请偶古喫饭啊?(什么时候请我们吃饭啊?)

尴格小丫头蛮聪明咯。(这个女孩子很聪明的。)

尴格辰光古了咾没柠。(这个时候家里没人。)

哈你古勒囊海点碰头啊?(我们在哪里见面啊?)

他古骑甲达车赤起个唎。（他们骑脚踏车出去了。）

尴格礼拜你囊老安排？（这个星期你怎么安排？）

尴格烘山芋要卖一块五角洋钱？（那只烤红薯要卖一块五毛钱？）

啊美一则列，便宜点卖波你拨。（最后一只了，便宜点卖给你吧。）

晒到则黑赤抹塔唎。（被晒得漆黑的了。）

翻译测试

请翻译下列常州话：

有一则马米勒路娘波，杂么向，它工了难尼勒，露一只甲勒洼头，河线闷它做嗲，马依十头龟闹港："嘘——象鼻头来列，我要盼煞支个细标将！"

标准译文：

有一只蚂蚁在路上走，突然间，它钻进泥土里，露一只脚在外面，蚯蚓问它做什么，蚂蚁贼头贼脑地讲：嘘——大象来了，我要绊死这个小家伙！"

单选题

1. "拖拖拉拉，不爽快"常州话可以用_____表达。

    A. 嚼白趣　　　　　　　　B. 牵丝攀藤

    C. 喔求苦饶　　　　　　　D. 异思络样

2. "全部"常州话可以用_____来表达。

    A. 一塌刮子　　　　　　　B. 一天世界

    C. 夯拔郎当　　　　　　　D. 一家一当

3. "后面第三天"常州话可以用_____表达。

    A. 后朝　　　　　　　　　B. 外后朝

    C. 前夜则　　　　　　　　D. 着前夜则

4. "闪电"常州话可以用_____表达。

　　A. 霍霍显　　　　　B. 雷电

　　C. 触电　　　　　　D. 阵头响　　　E. 忽显

5. 常州话"222"的读音是_____。

　　A. 二百廿尼　　　　B. 两百廿尼

　　C. 尼百廿尼　　　　D. 两百二十二

　　E. 尼伯廿十尼　　　F. 两伯尼

6. "马铃薯"常州话叫_____。

　　A. 土豆　　　　　　B. 洋山芋

　　C. 番薯　　　　　　D. 山芋

7. "聊天"常州话可以用_____来表达。

　　A. 嚼白趣　　　　　B. 吊背景

　　C. 嘴巴子　　　　　D. 讲空话

8. "凶狠过头"常州话可以用_____来表达。

　　A. 蝗虫吃过界　　　B. 烧香体着佛

　　C. 横插一枝花　　　D. 门槛精

9. 常州话"推扳"就是_____。

　　A. 推板车　　　　　B. 差劲

　　C. 地板　　　　　　D. 推脱

10. 常州话中的"马脚爪"是指_____。

　　A. 马爪　　　B. 玩具　　　C. 点心　　　D. 马脚

11. "敲钉转脚"在常州话中的意思是指_____。

　　A. 木匠干活　　　　　　B. 办事认真

　　C. 技术精湛　　　　　　D. 本领高强

12. 常州话"厘杪"的意思是_____。

　　A. 不牢固　　　　　　　B. 长度

　　C. 重量　　　　　　　　D. 一种物品

13. "蹩脚货"在常州话中的意思是指_____。

　　A. 落在脚边的货物　　　B. 品质差的人

　　C. 脚部受伤的人　　　　D. 质量差的货物

14. "结头绳"在常州话中的意思_____。

　　A. 质量差的货物　　　　B. 编织毛线

　　C. 在头上结绳子　　　　D. 用绳子打结

15. 常州方言中的"后慢来"意思是_____。

　　A. 后来　　　B. 慢慢来　　　C. 不来　　　D. 慢走

16. 常州方言中的"波"是指_____。

　　A. 波浪　　　B. 波涛　　　C. 走路　　　D. 奔逃

17. 常州方言中的"逃"一般是指_____。

　　A. 逃跑　　　B. 逃走　　　C. 疾走　　　D. 跑步

18. 常州话"张丈母娘"就是指_____。

　　A. 姓张的丈母娘　　　　　　B. 看望丈母娘

　　C. 张家的丈母娘　　　　　　D. 别人家的丈母娘

19. 常州话中的"送汤"是指_____。

　　A. 煨骨头汤　　　　　　　　B. 赠送汤水

　　C. 看望产妇　　　　　　　　D. 送礼给姓汤的人

20. 常州话中的"触壁脚"是指_____。

　　A. 挖墙脚　　　　　　　　　B. 背后说人坏话

　　C. 触摸墙脚　　　　　　　　D. 墙壁

21. 常州话"弗买账"是指_____。

　　A. 赖账　　　　　　　　　　B. 没完没了

　　C. 不服气　　　　　　　　　D. 没有进账

22. 常州话中的"神抖抖"是指_____。

　　A. 神气活现　　　　　　　　B. 发抖

　　C. 神经病　　　　　　　　　D. 故意逗人

23. 常州话中的"荷叶包野菱"是指_____。

　　A. 露出破绽　　　　　　　　B. 一种小吃

　　C. 荷叶里的菱　　　　　　　D. 荷塘里生长的野菱

24. 常州话中的"白乌龟"是指_____。

　　A. 白色的乌龟　　　　　　　B. 鹅

C. 玩具　　　　　　　D. 食品名称

25. 常州话中的"进出"是指_____。

　A. 进进出出　　　　B. 规矩

　C. 通道　　　　　　D. 人员调动

26. 常州话中的"干面"是指_____。

　A. 干的面条　　　　B. 面粉

　C. 干的面粉　　　　D. 一种小吃

27. 常州话中的"新妇"是指_____。

　A. 儿子的老婆　　　B. 自己的老婆

　C. 年轻的女人　　　D. 新来的妇女

28. 常州话中的"吃夹档"是指_____。

　A. 大排挡　　　　　B. 两头受气

　C. 吃力不讨好　　　D. 刑具

29. 常州话中的"吃生活"是指_____。

　A. 挨打　　　　　　B. 干活

　C. 挨批评　　　　　D. 吃生猛海鲜

30. 常州话中的"花头经"是指_____。

　A. 花头巾　　B. 花色品种

　C. 主意　　　D. 猫腻　　　E. 花招